I0639274

VERHEIMLICHT: MASON

EAGLE TACTICAL BUCH ZWEI

WILLOW FOX

SLOWBURN
PUBLISHING

Verheimlicht: Mason

Eagle Tactical Buch Zwei

Willow Fox

Veröffentlicht von Slow Burn Publishing

© 2022

übersetzt von uragaan

überarbeitet von Daniel T.

v4

Umschlagdesign von GetCovers

WILLOW FOX KAUFEN

Kaufen Sie direkt bei Willow! Das ist der perfekte Weg, um ein kleines Unternehmen zu unterstützen und gleichzeitig Geschichten zu lesen, die Sie lieben werden! Alles, was Sie tun müssen, ist jetzt zu kaufen und eine E-Mail mit dem Link zum ebook zu erhalten! Herunterladen und lesen mit deiner Lieblings-App. ♥

Besuchen Sie meinen Shop: https://shopwillowfox.com

KAPITEL EINS

Hazel

Ich wagte nicht, dem Mann, der mich gekauft hatte, in die Augen zu schauen. Dank meines Stiefbruders Nikolai gehörte ich Franco, seinem Mafia-Stellvertreter.

„Nächste Woche wirst du meine Braut sein", sagte Franco, dessen Zähne gelb und schief waren.

Er packte mein Kinn und zog mein Gesicht für einen Kuss näher zu sich heran. Sein Atem roch nach Erbrochenem. Mein Magen zog sich zusammen.

Wir standen an seiner schwarzen Limousine, die Tür waren schon geöffnet.

Er wollte mich mitnehmen, aber lieber würde ich mich zu Tode hungern, als mit dem Mann, mit dem ich verlobt war mitzugehen.

Die Galle stieg mir in die Kehle und ich schluckte die brennende Säure herunter, als sie wieder nach unten rutschte. Ich hielt meinen Mund fest verschlossen, aber das hielt ihn nicht davon ab, seine dicken, trockenen Lippen auf meine zu pressen. Mit seiner Zunge versuchte er energisch in meinen Mund einzudringen, aber ich weigerte mich, ihm Zugang zu gewähren.

Das dreckige Ungeziefer konnte mir die Fußsohlen küssen.

Ich wollte meinen Stiefbruder töten, aber nicht, bevor ich Franco erledigt hatte.

Francos dicke Hand griff nach meinen Haaren, seine Finger verhedderten sich in meinen Locken, bevor er kräftig daran zog und mein Gesicht zu ihm brachte. „Andere Mädchen sollten so viel Glück haben wie du."

Mein Stiefbruder war nirgends zu finden. Typisch. Er verkaufte mich und zog weiter, als würde ich ihm nichts bedeuten. Ich war wie sein Stück Eigentum.

Franco schob mich zur Hintertür seiner Limousine.

Oh nein, verdammt. Jetzt hatte ich die Oberhand, nur Franco und sein Fahrer waren noch da.

Wenn ich es bis zu seinem Haus schaffe, wer weiß schon, welche Gefahr mich erwartet, gegen wie viele Männer ich kämpfen muss oder welche anderen Sicherheitsmaßnahmen es gibt.

„Lass mich los!" Ich rammte ihm meinen Ellbogen in den Bauch und trat ihm auf die Zehen, bevor ich ihm in den Schritt trat.

Sein Fahrer hob seine Waffe und richtete sie auf meinen Kopf.

„Bitte, du würdest mir einen Gefallen tun", sagte ich. Eher würde ich sterben, als ihn zu heiraten.

„Erschieß sie nicht!" Franco stieß die Waffe seines Fahrers weg und senkte den Lauf.

Ich zog meine Faust zurück und versetzte Franco einen weiteren Schlag ins Gesicht, bevor er mit seiner Hand mich an den Haaren zog und meinen Kopf gegen die Tür des Autos schleuderte.

Die Welt drehte sich und Übelkeit überkam mich.

Er schob mich in den hinteren Teil des Wagens, schlug die Tür zu und stapfte zur Beifahrerseite hinüber.

„Kotz mir nicht auf den Innenraum, du Schlampe."

Der Motor des Autos sprang an.

Meine Sicht verschwamm, aber ich tastete nach dem Türgriff und zog kräftig daran. Verdammte Kindersicherungen, die Tür ließ sich nicht öffnen.

Roar.

Ich flog zurück gegen den Sitz, als der Fahrer das Gaspedal durchdrückte. Die Reifen quietschten und der Geruch von verbranntem Gummi kitzelte mich in der Nase.

Die Skyline wurde in der Ferne immer kleiner, als wir aus der Stadt fuhren.

Wo zum Teufel fuhren wir hin? Wo wohnte Franco?

„Wo bringst du mich hin?" Ich rieb mir die Augen, verwirrt und müde. Die verschwommene Sicht wurde zwar besser, aber ich fühlte mich immer noch, als wäre ich von einem Auto überfahren worden.

„Home sweet home, Liebling. Wir fahren nach Russland."

Russland war nicht mein Zuhause.

Ich war noch nie außerhalb des Landes gewesen.

Meine Finger strichen über das weiß goldene Medaillon an meinem Hals, das einzige Andenken an meine Mutter, das ich noch hatte, ein Geschenk meines verstorbenen Vaters.

Ich wollte nicht mit Franco nach Russland oder in ein anderes Land gehen.

Ich schob meine Hand in die Tasche und holte mein Handy heraus. Ich schaltete es auf lautlos und schickte eine SMS mit der Bitte um Hilfe.

Ich wusste nicht, wie viel Zeit mir bis zum Flug blieb oder bis sie mich durchsuchten. Es war dumm von mir, kein Messer oder zumindest Pfefferspray mitzunehmen, eine Art Waffe, mit der ich mich verteidigen konnte.

Ich hatte mir Masons Nummer gemerkt, weil ich ihn im Internet gestalkt hatte. Es war Jahre her, dass wir uns gesehen hatten.

Wir waren zusammen auf ein Internat gegangen. Nach der High School war er zur Armee gegangen und ich war zu meinem Vater gezogen.

Es war kein Geheimnis, dass er für die Sicherheitsfirma Eagle Tactical arbeitete. Ich konnte sie nicht anrufen. Das wäre zu riskant gewesen.

Ich hoffte, dass ihre Geschäftsleitung SMS empfangen konnte. Ich hatte Masons persönliche Nummer nicht; sie schien nicht eingetragen zu sein.

Mason, ich benötige deine Hilfe. Bitte orte mein Telefon und komm mich holen. Ich würde nicht fragen, wenn es nicht um Leben und Tod ginge - meinen Tod. Hazel

Es war kurz und auf den Punkt gebracht. Das war alles, was ich tun konnte. Ich hoffte, dass die Nachricht ankommen und er mich abholen würde.

KAPITEL ZWEI

ARIELLA

Das Sonnenlicht, das durch das Dachfenster fiel, tauchte die Küche in einen warmen Goldton.

Der Duft von Kaffee erfüllte den Raum und ich eilte zur Kanne, nahm mir eine Tasse und goss mir einen Schluck ein.

Izzie saß am Küchentisch und aß eine Schale mit Müsli. So ruhig habe ich sie noch nie gesehen, außer wenn sie ein Nickerchen macht.

Jaxson kam die Treppe herunter, angezogen und bereit zum Aufbruch.

Ich musste noch duschen, aber ich würde mich beeilen. „Fahren wir zusammen zur Arbeit?", fragte ich.

„Nein." Seine Antwort war kurz, sein Tonfall kalt und emotionslos.

Hatte ich etwas getan, das ihn verärgert hatte?

Wir hatten nicht über die Nacht gesprochen, in der er mich in der Dusche gefunden hatte, zusammengerollt, während das Wasser auf mich einprasselte. Ich war nicht in der Lage, mich zu bewegen, ich war zutiefst erschüttert. Er zog mich an, trug mich ins Bett und schlief neben mir.

Das war die einzige Nacht, die ich in seinem Schlafzimmer verbracht habe. Ich wurde ins Gästezimmer delegiert, was wohl auch Sinn macht.

Wir waren uns einig, dass wir es platonisch halten mussten, da er mein Chef ist.

Das war nicht das, was ich wollte, aber ich hatte gemischte Gefühle. Nach der einen Nacht, die wir in meiner Wohnung verbracht hatten, bevor das Feuer mein Haus niederbrannte, war er nicht mehr da. Wir hatten nicht darüber gesprochen, und jetzt erschien es mir sinnlos, eine Beziehung aufzuwärmen, die es nie geben würde.

Ich starrte ihn an, die Kaffeetasse an den Lippen, und beide Hände um die Tasse gelegt.

Das Zittern hatte ich unter Kontrolle, obwohl mein Haus abgebrannt war, konnte ich mir vom örtlichen Arzt ein Rezept für die Medikamente besorgen, die ich für meinen Kampf gegen die autonome Dysfunktion benötigte. Im Großen und Ganzen kam ich damit zurecht.

Sein Handy klingelte und er nahm es von der Küchentheke.

„Morgen, Declan. Was gibt's?" Er schlenderte ins Wohnzimmer, um zumindest den Anschein von Privatsphäre zu wahren.

Ich nippte an meinem Kaffee und setzte mich Izzie gegenüber an den Küchentisch. „Ist das gut?", fragte ich und versuchte, mich höflich mit einer Dreijährigen zu unterhalten.

———

Es war meine erste Woche im Job, und Jaxson vergrub sich in seinem Büro.

Ich war mir nicht sicher, ob er mich ignorierte oder mir Freiraum gab und mich nicht bevorzugt behandelte.

Lucy hatte meine Existenz und die Tatsache, dass ich bei Eagle Tactical angestellt war, noch nicht einmal zur

Kenntnis genommen. Während sie an der Rezeption am Gebäudeeingang war, wurde ich an einen Tisch im Pausenraum gesetzt, wo mein Laptop an die nächste Steckdose angeschlossen war.

Es war klar, dass sie Platz für mich gemacht hatten, und ich nehmen würde, was ich bekommen konnte, Büro hin oder her. Ich war froh, dass ich überhaupt einen Computer hatte, an dem ich arbeiten konnte; die Tastatur war verblasst und abgenutzt.

Der Flur war in Ordnung, es war ein Platz zum Arbeiten.

Ich konnte Jaxson sehen, wenn ich mich in meinem Schreibtischstuhl zurücklehnte, was ich immer wieder tat, weil der Stuhl quietschte.

Lucy warf mir einen Blick über die Schulter zu und starrte mich mit zusammengekniffenen Augen an.

Wir würden keine Freunde werden, so wie Emma und ich es geworden waren.

Damit hatte ich kein Problem, solange sie mich nicht unter Papierkram begraben würde.

Eine Nachricht erschien auf dem Bildschirm.

Mason, ich benötige deine Hilfe. Bitte orte mein Telefon und komm mich holen. Ich würde nicht fragen, wenn es nicht um Leben und Tod ginge - meinen Tod. Hazel

Wer war Hazel, und warum bekam ich ihre Nachricht?

Ich war immer noch nicht besonders freundlich zu Mason. Wir hatten uns geeinigt, aber vielleicht war es auch die Tatsache, dass meine Hütte abgebrannt war, dass ich ihm verziehen hatte.

Es war nicht Schuld an dem Feuer, und die Wut, die ich auf ihn hatte, weil er mir diese beschissene Hütte verkauft hatte, erschien mir jetzt dumm. Außerdem hatte er es nicht verhindert, dass ich diesen Job bekommen hatte. Er hatte Jaxson mit den Außenseitern geholfen, die mich bedrohten.

Wir waren fast Freunde. Na ja, nicht ganz. Er hasste mich nicht, und ich verachtete ihn nicht, zumindest nicht mehr.

Ich stand auf, und der Stuhl quietschte.

Lucy drehte sich mit großen Augen auf ihrem Sitz herum. „Macht es dir was aus? Einige von uns versuchen, ihre Arbeit zu erledigen!", schnauzte sie.

Ich hatte nicht viel zu tun, schließlich war es meine erste Woche, und niemand hatte mir eine

Überwachung oder Hintergrundrecherche aufgetragen. Ich habe mich zurückgehalten.

Ich brauchte keinen neuen Feind, von denen hatte ich in meiner Vergangenheit schon genug.

Meine Stiefel klapperten auf dem Kachelboden und ich schlenderte zu Masons Büro hinüber. Ich klopfte an die offene Tür, denn ich wollte nicht unangemeldet hereinplatzen.

„Ja, Ariella?" Mason blickte von seinem Computer auf. „Was kann ich für dich tun?"

Er hörte sich nicht begeistert an, dass ich ihn störe, aber ich musste sichergehen, dass die Nachricht kein Scherz war und dass sie echt war.

„Du musst dir etwas ansehen, das auf meinem Computer aufgetaucht ist", sagte ich. Ich wollte nicht näher darauf eingehen. Ich war mir nicht sicher, wer Hazel für ihn war, wenn überhaupt, und die Türen waren alle offen. Die Jungs konnten alle unser Gespräch hören. Ich versuchte, ihm zuliebe diskret zu sein.

Seine Aufmerksamkeit, die kurz auf mich gerichtet war, kehrte zu seinem Computer zurück und seine rechte Hand klickte und scrollte mit der Maus. „Declan kann dir helfen, wenn du Probleme mit dem

Computer hast."

„Das musst du dir ansehen", sagte ich. Als er nicht aufschaute oder aufstand, versuchte ich es erneut. Ich glaube, ich musste es ihm noch einmal erklären. „Kennst du jemanden, der Hazel heißt? Es klingt, als ob sie in Schwierigkeiten steckt."

Er sprang von seinem Stuhl auf, als würde er brennen, und folgte mir zu meinem Schreibtisch. Er beugte sich vor und las die Nachricht, die noch auf meinem Bildschirm zu sehen war.

„Und?", fragte ich.

Er studierte die Nachricht länger als nötig, bevor er die Arme vor der Brust verschränkte. „Verfolge ihr Handy anhand der SMS. Das kannst du doch, oder?"

Anscheinend war das eine rhetorische Frage. Bevor ich antworten konnte, gab er einen Befehl.

„Schick mir ihre Koordinaten. Wenn sie in der Nähe von Chicago ist, wovon ich ausgehe, rufe ich Colton einen meiner Kumpels vom US-Marshal-Büro an. Er wird uns zur Hand gehen."

„Mache ich." Ich setzte mich wieder an den Schreibtisch und öffnete ein neues Fenster, in dem ich eine Rückverfolgung der Telefonnummer, von der die SMS kam, startete. Als ich damit fertig war, konnte ich den Standort über die Mobilfunkmasten anpingen. Und tatsächlich: Chicago.

Ich schickte Mason die Information aus unserem privaten Netzwerk.

„Schicke ihr eine SMS zurück. Lass sie wissen, dass sie mitmachen soll."

Ich wusste nicht, wovon Mason sprach, aber ich übermittelte die Nachricht per SMS. Ich öffnete ein zweites Fenster und rief die Überwachungskameras entlang des Highways auf. Das Fahrzeug, in dem sie saßen, war auf dem Weg zum O'Hare International Airport.

„Wo wollt ihr hin?", sagte ich zu mir selbst, während ich den Bildschirm beobachtete.

Schritte polterten in Masons Büro, dann schlug die Tür abrupt zu. War ich zu laut? Ich öffnete den Mund, um mich zu entschuldigen, aber dazu kam es nicht.

Mason telefonierte gerade mit jemandem. Ich konnte seine dumpfe, schroffe Stimme durch die Wand hören. Er sprach mit jemandem, vielleicht mit diesem Colton, den er vorhin erwähnt hatte.

Wie sollten die U.S. Marshals helfen können?

Worauf hatte sich Hazel da bloß eingelassen?

Hoffentlich war es kein Scherz, aber der Blick, der über Mason's Gesicht ging, als er die Nachricht auf meinem Laptop gelesen hatte - es musste echt sein und sie war in Gefahr.

Ich wollte mehr tun. Ich konnte es nicht lassen. Ich öffnete das SMS-Fenster für Hazel und schickte eine weitereNachricht.

Kannst du mir sagen, was hier los ist?

Vielleicht könnte ich mehr Hilfe anbieten, wenn wir mehr Informationen hätten. Sie waren auf dem Weg zum Flughafen. Wenn ich wüsste, welcher Flug, könnte ich mich vielleicht in das Ticketingsystem hacken und sie auf die Flugverbotsliste setzen.

Mason?

Ich schluckte den Kloß in meinem Hals hinunter.

Ja.

Ich habe etwas zu schnell zurückgeschrieben. Hoffentlich würde er nicht sauer sein, dass ich gelogen ... ~~Sie~~ würde es nie erfahren müssen. Und wenn ... warum sollte ich es nicht

farbe?

Mist. Woher hätte ich das wissen sollen? War das eine Fangfrage? Funkstille. Ich habe nicht geantwortet. Sie hat nicht geantwortet. Ich habe es vermasselt.

Mason schwang die Bürotür auf und trat in den Flur. „Hör auf, Hazel SMS zu schicken. Ich kann alles auf deinem Monitor sehen."

Mein Magen krampfte sich zusammen.

Verdammt!

Von dort, wo er stand, konnte er meinen Computerbildschirm nicht sehen. Die einzige Erklärung war, dass er sich in meinen Computer gehackt hatte. Wann hatte er das getan, nachdem Hazel mir die erste Nachricht geschickt hatte?

Mason warf seinen Mantel über und ging den Flur entlang zumAusgang . „Antworte ihr. Sag ihr Regenbogen", rief Mason mir über die Schulter zu.

Regenbogen.

Ich stieß einen Seufzer der Erleichterung aus. Meine Finger trommelten auf den Schreibtisch. Ich wartete darauf, dass sie antwortete, während ich ein Auge auf den Monitor warf.

Es gab mehrere Überwachungskameras außerhal Flughafens. Die schwarze Limousine, in der fuhr durch die letzte, ohne weitere Ausgänge. Ich klinkte mich in eine der Satellitenübertragungen ein und peilte ihre Koordinaten an. Ich musste bei ihr sein, um zu sehen, was vor sich ging.

Wo zum Teufel war Mason hin? Wollte er nicht zusehen?

Ich rutschte unruhig auf dem Stuhl hin und her und Lucy warf mir einen weiteren Todesblick zu.

Ich zog eine Grimasse, und zuckte mit den Schultern. Ich entschuldigte mich nicht für meine Sorge um Hazel oder das Quietschen des Stuhls.

Zwei schwarze Geländewagen bremsten die Limousine aus und zwangen das Fahrzeug zu einem abrupten Stopp.

Ich hielt den Atem an und beobachtete, wie vier Männer mit gezogenen Pistolen heraussprangen und die Hintertür aufrissen.

Die Übertragung wurde unscharf und ging aus.

KAPITEL DREI

Hazel

Mit gesenktem Kopf schrieb ich leise eine SMS auf meinem Handy, als Franco auf seinem Sitz herumwirbelte und mir das Handy aus der Hand riss.

„Hey! Gib das zurück!" Vom Rücksitz aus stürzte ich nach vorn.

Franco kurbelte mit einem Knopfdruck das Fenster herunter und warf mein Handy auf den Highway hinaus.

„Du Mistkerl!"

„In Russland braucht man kein Handy", sagte Franco. Er kurbelte das Fenster wieder hoch.

Im Seitenspiegel konnte ich seinen selbstgefälligen Gesichtsausdruck sehen, der sich über sein Verhalten mir gegenüber freute.

Ich wollte nicht nach Russland, aber die Zeit wurde knapp.

Wir passierten die letzte Ausfahrt und näherten uns den Abflug- und Ankunftshallen des Flughafens. Er schien nicht der Typ zu sein, der mit einem kommerziellen Flugzeug fliegen würde, aber es war ein langer Flug.

Wenn er mich in den Flughafen zwingt, werde ich treten, kämpfen und damit drohen, dass ich eine Bombe habe - alles, um mich davon abzuhalten, mit ihm zu fliegen.

Warum wollte er, dass ich nach Russland gehe? Lebte er dort? War es meinem Bruder egal, dass Franco mich aus dem Land bringen wollte?

Zwei SUV's fuhren neben uns her, bevor einer das Auto vorn und der andere hinten einklemmte. Der Fahrer trat auf die Bremse, um einen Zusammenstoß mit den SUV's zu vermeiden. Die Limousine wäre kein Gegner gewesen.

Vier Männer in Straßenkleidung und mit gezogenen Waffen stürzten sich auf unser Fahrzeug.

Einer von ihnen riss die Hintertür auf - meine Rettung.

„Hazel Agron, du bist verhaftet. Sie haben das Recht, zu schweigen."

Was zum Teufel?

Ich dachte, sie würden mir helfen?

Mach mit. Die Worte gingen mir immer wieder durch den Kopf. Hielt Mason das für einen Scherz?

Der Mann, der mir am nächsten stand, zerrte mich aus der Limousine und stieß mich mit dem Gesicht nach unten auf den Asphalt. Er hielt meine Hände auf dem Rücken fest, um mich zu fesseln, während er mir Handschellen anlegte und mir meine Rechte vorlas.

„Sag nichts!", schrie Franco mich an.

War er um sich selbst oder um mich besorgt? Ich bezweifelte, dass es ihn interessierte, was mit mir geschah. Er könnte sich eine neue Braut kaufen. Er würde jemand anderen finden, der mich ersetzt, und das war mir recht.

Die Metallmanschetten gruben sich in meine Handgelenke, als der Mann mich nach Waffen durchsuchte, bevor er mich wieder auf die Füße stellte. Er eskortierte mich zum Heck seines Geländewagens und schob mich hinein, die Handschellen noch immer angelegt, die Hände hinter dem Rücken gefesselt.

Der Mann, der mir die Handschellen angelegt hatte, ergriff als Erster das Wort. „Mason hat uns geschickt." Er schloss die Tür und ging auf die gegenüberliegende Seite, bevor er neben mir ins Auto kletterte. „Entschuldigt die Theatralik, aber es musste überzeugend aussehen."

„Könnt ihr mir die abnehmen?"

Der Geländewagen fuhr vorwärts, und er löste die Handschellen. Meine Handgelenke schmerzten von dem Metall. Ich rieb die Abdrücke und hoffte, sie würden verschwinden.

Wir umrundeten den Flughafen, bevor wir auf den Highway fuhren. „Ich bin Colton Carr von den U.S. Marshals. Normalerweise entführen wir keine Leute von Verbrechern."

„Vielleicht solltet ihr das", sagte ich und lachte leise. „Danke, dass du mir das Leben gerettet hast."

„Bedanke dich noch nicht bei uns. Diese Typen werden nicht einfach verschwinden. Ich habe mein ganzes Leben lang dafür gearbeitet, solche Typen hinter Gitter zu bringen", sagte Colton.

„Ja." Ich schaute aus dem Fenster, als wir auf die Autobahn fuhren. Was war der Plan? Wohin sollte ich gehen? „Was passiert jetzt?"

Ich konnte nicht nach Hause gehen. Nikolai würde mich direkt wieder an Franco ausliefern.

„Wir bringen dich an einen sicheren Ort."

„Wie im Zeugenschutz?", fragte ich. Ich könnte damit umgehen, nie wieder mit meinem Bruder zu sprechen.

„Wir werden dir Papiere besorgen und dir eine neue Identität geben. Agent, Stanford und Blakely werden dich durch das Land fahren. Es ist zu riskant, dich jetzt in ein Flugzeug zu setzen, und ich habe mit Mason gesprochen. Wir sind uns beide einig, dass es am besten ist, wenn du weit weg von Chicago bist."

———

Ich war eingeschlafen.

Großer Fehler.

Das Quietschen der Reifen weckte mich.

Das Auto wurde von einem starken Geruch nach Rauch erfüllt, als ich mich auf dem Rücksitz des schwarzen Geländewagens duckte. Ich wendete meinen Blick ab.

Von allen Seiten ertönten Schüsse.

Der Fahrer, U.S. Marshal Stanford, der in den vergangenen Stunden eher ruhig gewesen war, blutete stark an der Brust, keuchte und stöhnte und rang nach Luft.

Vom Rücksitz aus konnte ich nicht viel tun.

Der zweite Agent, U.S. Marshal Blakely, der auf der Beifahrerseite des Fahrzeugs saß, sackte nach einem Kopfschuss in sich zusammen.

Der dunkelhaarige Fahrer rang nach Luft. „Festhalten!", rief er und trat mit dem Fuß auf das Gaspedal, während er uns in die bewaffneten Männer hineinsteuerte und einen der schwarzen Geländewagen rammte, bevor er zurücksetzte und es noch einmal tat.

Ich fiel mit meinem Körper hin und her, mein Herz hämmerte in meiner Brust.

Der Fahrer trat beim Rückwärtsfahren kräftig aufs Gas. Ich warf einen Blick über die Schulter aus dem zerborstenen Rückfenster, als wir an den Männern und Fahrzeugen vorbei katapultiert wurden und uns weiter von den Männern entfernten, die mich töten wollten.

Das Klopfen in meinem Herzen hatte nicht aufgehört. Der Moment der Qual dehnte sich immer weiter aus.

Ich wollte fliehen, nach der Tür greifen und mich nach draußen ins Ungewisse stürzen und beten, dass ich die Bastarde abhängen konnte.

Vor fast zwanzig Stunden wollten sie mich noch wie Eigentum besitzen, und Franco wollte mich heiraten.

Jetzt sprühten die Kugeln nur so um mich herum. Es schien, als hätte er seine Meinung über die arrangierte Ehe geändert.

Ich wollte tapfer sein, aber ich hatte große Angst. Auf dem Rücksitz des Fahrzeugs zitterte ich heftig und kroch schluchzend auf den Boden, während der Geländewagen rückwärts weiterfuhr. U.S. Marshal Stanford schnappte nicht mehr nach Luft. Auch er war wie U.S. Marshal Blakely in sich zusammengesunken und bot mir nicht den geringsten Schutz.

Ich musste mich zusammenreißen. Ich war nicht der russischen Mafia entkommen, um dann mitten im Nirgendwo tot zu enden.

Ich streckte meinen Arm aus und versuchte, die Waffe des U.S. Marshals zu lösen. Er hatte keine Verwendung mehr für sie. Ich streckte meine Hand aus und fummelten von meiner Position auf dem Boden am

Holster herum, während das Fahrzeug immer noch rückwärts fuhr.

Mit einem harten Aufprall rüttelte und hüpfte das Fahrzeug und die Federung gab mir das Gefühl, auf einem Sprungbrett zu stehen.

Was zum Teufel hatten sie getroffen? Ich wagte nicht aufzublicken. Die Männer und ihre Schüsse klangen weiter in der Ferne, nur etwas verblasst und vergessen. Aber sie würden nicht aufgegeben, es sei denn, sie wären verletzt und ihre Fahrzeuge vom Aufprall getroffen, sodass sie uns nicht folgen konnten.

Ich konnte mich nicht mehr genau erinnern, wie viele Aufpralle ich gespürt hatte, mindestens drei. Waren es vier Zusammenstöße gewesen? Mein Körper schmerzte noch immer, mein Nacken tat weh und mein Magen schmerzte, aber das hatte mehr mit dem Schrecken zu tun als alles andere.

Vorsichtig blickte ich nach oben und warf einen Blick aus dem hinteren Fenster.

Verdammt! Wir fuhren auf eine Schlucht zu.

„Stopp! Du musst den Truck anhalten!" Ich wusste nicht, warum ich das zu Stanford geschrien hatte. Er war tot. Er konnte mir nicht helfen. Sein Fuß blieb wie

Blei auf dem Pedal und weigerte sich, weniger zu treten.

Ich konnte nicht sagen, wie weit der Abhang war, aber das Gras war verschwunden, und in der Ferne waren Berge zu sehen. Es sah nicht vielversprechend aus.

Da ich auf die Waffe verzichtete, blieb mir keine Zeit mehr. Ich fasste nach dem Griff der Hintertür und stieß sie auf.

Das Gras rauschte vorbei, die frische Winterluft strich mir über die Wangen. Ich musste das tun, wenn ich eine Chance zum Überleben haben wollte, und das wollte ich, mehr als alles andere.

Ich wollte eine zweite Chance im Leben.

Eilig kletterte ich vom Boden und setzte mich auf den Sitz. Ich atmete zweimal kurz durch, bevor ich mich aus dem Fahrzeug stürzte und unten das Knirschen von Metall hörte.

Ich rollte so gut ich konnte aus dem Truck. Meine Wangen brannten, meine Knie schmerzten und ich hatte schreckliche Kopfschmerzen, aber ich war am Leben.

Nach Luft schnappend, lag ich da und starrte in den Himmel, dankbar, dass ich noch am Leben war.

Nach einigen Sekunden riss ich mich aus meiner Träumerei und schlich zur Schlucht, wo ich über die Kante starrte, an der das Fahrzeug verschwunden war.

Der Geländewagen lag unten zerquetscht auf dem Dach.

Ein Teil von mir wollte hinuntergehen und sich vergewissern, dass beide U.S. Marshals tot waren, aber ich kannte die Antwort bereits. Sie waren bei der Rettung meines Lebens gestorben.

KAPITEL VIER

MASON

Es war mitten in der Nacht. Mein Telefon klingelte und riss mich aus dem Schlaf.

„Was?" Ich war kein Morgenmensch und schon gar kein Typ, der mitten in der Nacht seinen Arsch weckt.

„Ich bin's, Colton. Wir haben ein Problem."

Mein Magen fühlte sich an, als würde er herausfallen. Ich fuhr mir mit der Hand über meine müden Augen und sprang aus dem Bett. In der Dunkelheit schnappte ich mir meine Klamotten und eilte ins Bad.

„Scheiße." Ich knipste das Licht an, die Helligkeit blendete mich. „Was ist los?" Ich war nicht darauf vorbereitet, was er mit mir vorhatte.

Hazel sollte auf dem Weg zu Eagle Tactical sein, um sie zu schützen. Ich hatte den Besten in Chicago angefordert, und das war Colton Carr.

„Die U.S. Marshals wurden in den vergangenen zwei Stunden angegriffen. Sie haben sich nicht gemeldet, wie sie es sollten, und ihr Fahrzeug bewegt sich nicht. Ich habe die GPS-Koordinaten. Du musst das für mich überprüfen."

„Warum hast du sie nicht begleitet?" Ich stellte mein Telefon auf Lautsprecher, zog meine Boxershorts aus und warf sie an die Wand. Er hätte im Fahrzeug sein sollen. „Ich habe dich angerufen, Colton. Ich habe nicht darum gebeten, dass die nächstbesten Agenten helfen."

„Stanford und Blakely sind zwei der Besten, die der Marshals Service zu bieten hat. Willst du, dass ich das Büro des Sheriffs anrufe? Du solltest wissen, dass die Mafia darin verwickelt ist, die russische Mafia. Sie werden weiter versuchen, sie aufzuspüren."

Ich zog mir eine saubere Boxershorts und eine Jeans an und warf mir dann einen Pullover über. Ich schnappte mir das Telefon und beeilte mich mit den Socken in der Hand, meine Schuhe zu holen.

Ich hatte keine Zeit zu verlieren. Hazels Leben war in Gefahr. „Das weiß ich."

„Lass mich wissen, was du herausfindest", sagte Colton.

„Ja." Ich beendete das Telefonat mit Colton, schnappte mir meine Autoschlüssel und schlüpfte in meine Socken und Stiefel, bevor ich zu meinem Truck ging. „Verdammter Mistkerl", murmelte ich vor mich hin.

Ich hatte ihn nur um eine Sache gebeten, warum konnte er nicht auf mich hören?

Die Dunkelheit der Nacht legte sich über das weite Land, über die Berge und das Tal. Der Nachthimmel war mit Sternen gesprenkelt, ein schöner Anblick, wenn ich es nicht so eilig hätte, Hazel zu finden.

Als ich mich den Koordinaten näherte, wurde ich langsamer und hielt am Straßenrand an. Ich ließ den Motor im Leerlauf und die Scheinwerfer an.

Ich trat auf die Straße hinaus.

Weit und breit war kein anderes Fahrzeug in Sicht. Wo zum Teufel war der vermisste Geländewagen? Hatte ihn bereits ein Abschleppwagen abgeholt? Das erschien mir an einem Freitagabend eher unwahrscheinlich, vor allem, wenn das Fahrzeug erst vor Kurzem gefunden worden war.

Ich schnappte mir eine Taschenlampe aus dem Truck und machte mich auf den Weg ins Feld. Mit der

Taschenlampe zu leuchten und nach einem Zeichen von Hazel zu suchen, schien eine unmögliche Aufgabe zu sein.

Sie hätte inzwischen überall sein können.

Sie war noch nie in Breckenridge. Sie weiß nicht, wie sie mich finden kann.

Meine Taschenlampe flackerte und erlosch in der Dunkelheit.

„Verdammt!" Ich warf die blöde Taschenlampe in die Ferne, aber ich hörte nicht den Aufprall, den ich erwartet hatte.

Statt einer weichen Landung auf dem Gras und der Wiese gab es in der Ferne ein Klirren auf Metall.

Ich holte mein Handy aus der Tasche und benutzte die Taschenlampenfunktion, um das Geräusch, das ich gehört hatte, besser sehen zu können: ein zertrümmertes Fahrzeug in der Schlucht, zerquetscht.

„Hazel!", rief ich und hielt praktisch den Atem an, um auf eine Antwort zu warten.

Von unten waren keine Geräusche zu hören. Dunkelheit umgab das Fahrzeug.

Ich katapultierte mich vorsichtig an der Seite der Schlucht hinunter und kletterte den Berg hinauf.

Meine Stiefel rutschten unter meinen Füßen und brachten mich aus dem Gleichgewicht, aber ich konnte mich auffangen, bevor ich auf dem Hintern landete.

Ich hatte es bis zum Grund des Grabens geschafft. Ich warf einen Blick den Berghang hinauf. Es würde die Hölle sein, wieder hochzuklettern, aber ich würde es schaffen.

„Hazel?", rief ich in die Nacht hinaus.

Keine Antwort.

Ich näherte mich dem zertrümmerten Fahrzeug; Einschusslöcher bedeckten die Karosserie des SUV's. „Was zum Teufel war passiert?"

Ich bückte mich und fand zwei männliche Leichen. Ich überprüfte sie auf ihren Puls; keiner von ihnen lebte. Von Hazel gab es keine Spur.

Das musste eine gute Nachricht sein. Es bedeutete, dass sie den Absturz überlebt hatte.

Es sei denn, sie wurde durch die Windschutzscheibe herausgeschleudert.

Nein, das war ein furchtbarer Gedanke.

Sie musste am Leben sein. Hazel war eine Kämpferin.

Ich rief Aiden an. Er würde wissen, was zu tun ist. Ich wollte Jaxson nicht wecken. Er hatte ein Kind zu Hause, und Lincoln hatte das Restaurant. Declan würde im Büro nützlich sein, also schaltete ich Aiden und Declan in eine Telefonkonferenz.

„Was gibt's?", fragte Aiden. Er klang nicht so müde, wie ich mich fühlte.

„Bist du nicht gut drauf?" Declan gähnte. „Was ist denn los?"

„Ich brauche Hilfe. Es geht um einen Auftrag, der nicht in den Büchern steht." Ich wartete nicht auf eine Antwort. Ich ging zurück zu meinem Truck. Draußen auf dem Feld zu stehen und nach ihr zu suchen, war nicht gerade hilfreich.

„Du hast meine Aufmerksamkeit", sagte Aiden.

Ich wollte sie nicht mit hineinziehen. Ich hatte gehofft, dass es eine private Angelegenheit bleiben würde, aber jetzt wurde es zu einer Angelegenheit von Eagle Tactical. „Eine Freundin von mir ist in Schwierigkeiten. Sie lebt in Chicago, ihr Vater ist vor Kurzem gestorben und es hat sich herausgestellt, dass ihr Bruder der Kopf der russischen Mafia ist."

„Scheiße. Warum lässt du es nicht einfach auf uns los?" scherzte Aiden.

Ich ignorierte seinen Versuch, witzig zu sein. Mir war nicht zum Lachen zumute.

Hazel war da draußen, und die Männer jagten sie, wenn sie sie nicht schon gefunden hatten. „Ich habe Colton Carr gestern Nachmittag kontaktiert, als ich eine Nachricht an unsere verschlüsselte Telefonnummer erhielt. Laut Colton wurde Hazel in einer von ihrem Bruder arrangierten Ehe verkauft." Allein der Gedanke daran ließ mir die Galle hochkommen. „Colton hat sie aus der Gefahr geholt und auf den Weg zu uns gebracht, als die U.S. Marshals von der Straße abkamen und angegriffen wurden."

„Scheiße", murmelte Declan. „Glaubst du, dass derjenige, der hinter ihr her war, sie mitgenommen hat? Ist das eine Rettungsaktion?"

Ich fuhr mir mit einer Hand durch die Haare. „Ich hoffe nicht." Ich zupfte an meinen Haaren, bevor ich die Hand auf meinen Schoß fallen ließ. „Wenn wir Glück haben, versteckt sie sich noch da draußen und wartet auf unsere Hilfe.

„Sag mir, was du brauchst", sagte Declan.

Das Telefon verband sich mit dem Bluetooth des Autos.

Ich schnallte mich an und fuhr zurück auf die Straße.

Hazel war nicht ein Mädchen, sie war das erste Mädchen, das ich liebte. Ich war immer noch in sie verliebt und verglich alle, mit denen ich zusammen war, mit ihr.

„Abgesehen davon, dass du Hazel gefunden hast?" Ich ergriff das Lenkrad und machte eine Kehrtwende, um zu meinem Haus zu fahren. „Ich fahre zurück zu meinem Haus."

„Du hast uns geweckt, um uns zu sagen, dass du zurück ins Bett gehst?" Declan schnaubte. „Oh, danke."

„Ich habe Nachtsichtgeräte und Wärmedetektoren, mit denen ich sie finden kann. Sie ist zu Fuß unterwegs, nicht mehr als zwei Stunden vor uns. Sie würde wahrscheinlich der Straße folgen, die in die Stadt führt, aber das bedeutet, dass sie über den Berg gehen muss."

„Wir sollten dankbar sein, dass es nicht schneit. Hoffentlich hat sie warme Kleidung und stirbt nicht in der Kälte", sagte Aiden.

Toll!

Das verdirbt mir meine positive Haltung . Ich trete das Gaspedal fester durch, weil ich unbedingt nach Hause will. Wenn ich Glück habe, würde ich sie zuerst finden, vor den Männern, die sie töten wollen.

Es beunruhigte mich, dass das einzige verlassene Fahrzeug das war, in dem sie gesessen hatte. Das andere Fahrzeug war von Einschusslöchern übersät und stand immer noch da. Sie waren nicht von der Straße abgekommen und in die Schlucht gestürzt. Das heißt, die Männer waren auf freiem Fuß und verfolgten Hazel wie eine Beute.

„Wir treffen uns bei dir zu Hause", sagte Aidan. „Declan, geht ins Büro. Vielleicht findest du etwas heraus, das uns hilft, zu klären, was zum Teufel hier los ist."

Wenn ich die Männer, die hinter Hazel her sind, zuerst finde, würde ich sie mit bloßen Händen umbringen.

KAPITEL FÜNF

JAXSON

Es fiel mir schwer zu schlafen, ich wälzte mich die ganze Nacht hin und her.

Normalerweise war ich für die Welt tot, wenn ich schlief, aber der süße Duft von Ariella lag auf meinem Kopfkissen und zwang meine Gedanken dazu, die gemeinsame Nacht Revue passieren zu lassen.

Das Bedauern brannte mir ein Loch in den Magen.

Ich ertrank in ihrem würzigen Duft, obwohl das Bettlaken leider nicht nach Sex roch, duftete es immer noch herrlich nach *ihr*. Ich vergrub meinen Kopf unter der dicken Decke.

Ich hasste mich dafür, dass ich Ariella nicht gesagt hatte, was sie mir in dieser Nacht bedeutete, aber jetzt kam es mir vor, als wäre es eine Ewigkeit her.

Schon komisch, wie ein paar Tage dein Leben verändern können.

Mein Handy surrte auf dem Nachttisch. Ich schob die Decke zurück und brummte.

Ich war nicht bereit, für die Arbeit wach zu sein. Der Bildschirm meines Handys erhellte das stockfinstere Schlafzimmer.

Mit einem erschöpften Blick tastete ich nach dem Telefon und drückte auf den Anrufbeantworter. Ich drückte es an mein Ohr und schloss die Augen, um aufzuwachen, was aber kontraproduktiv war.

„Eagle Tactical", sagte ich. Der Anruf kam nicht von einem der Jungs, zu dieser ekelhaften Uhrzeit musste es ein Kunde sein. „Hier ist Jaxson Monroe. Kann ich dir helfen?"

„Das hoffe ich doch", sagte eine tiefe, raue Stimme. Der Mann hatte einen starken Akzent, ukrainisch oder russisch. Es war schwer, sie zu unterscheiden. Er räusperte sich. „Ich würde dich gerne beauftragen, meine Frau zu finden."

Ich setzte mich im Bett auf und schaltete die Nachttischlampe ein. „Wir kümmern uns normalerweise nicht um häusliche Angelegenheiten", sagte ich.

Ich setzte mich an den Rand des Bettes. Meine Füße standen fest auf dem Boden. Der Boden war kalt, und die Luft außerhalb der warmen Decken verursachte mir eine Gänsehaut.

Mit dem Telefon am Ohr stand ich auf und ging direkt zu meiner Kommode.

„Das ist keine häusliche Angelegenheit. Sie wurde gestern verhaftet. Als ich die Behörden kontaktierte, um eine Kaution zu hinterlegen damit sie freigelassen wird, wurde sie nie zur Verhaftung vorgeführt."

Er hatte meine Aufmerksamkeit. „Glaubst du, dass die Behörden in ihr Verschwinden verwickelt sind?" Das hörte sich selbst für meine Verhältnisse etwas wild an.

„Nein, das wäre grotesk."

Ich öffnete die Schublade meiner Kommode, schnappte mir frische Kleidung und warf die Sachen auf das Bett. „Wahrscheinlich waren es nicht die Behörden, die deine Frau abgeholt haben."

„Genau das ist meine Sorge. Ich habe viele Feinde. Ich würde es hassen, wenn sie hinter meinem wertvollsten

Besitz her wären. Ich kann dir versichern, dass ich für ihre Rückgabe großzügig bezahlen werde."

Das war zwar schön zu wissen, aber es war nicht der einzige Faktor, den wir in Betracht zogen. „Schick mir ein Foto von deiner Frau mit ihrem Namen und allen besonderen Merkmalen wie Piercings, Narben oder Tätowierungen, damit wir sie leichter identifizieren können."

Ich gab dem Herrn meine E-Mail-Adresse, damit er mir die Informationen zusenden konnte.

„Ich würde Sie auch gerne kennenlernen." Das war eine Voraussetzung. Bei jedem, den ich als Kunden hatte, musste ich sicher sein, dass er sauber war und keine laufenden Ermittlungen behinderte.

„Natürlich. Wie wär's mittags?"

Ich gab ihm die Adresse von Eagle Tactical und notierte mir seinen Namen und seine Telefonnummer, bevor ich auflegte.

Ich duschte und zog mich eilig an, steckte mein Handy in die Gesäßtasche und schaltete das Licht in meinem Schlafzimmer aus.

Ich ging die Hintertreppe hinunter und direkt in die Küche, wo ich eine Kanne Kaffee aufsetzte. Ich würde den zusätzlichen Kick benötigen, um heute wach zu bleiben.

Mein Körper war träge, und ich konnte es mir nicht leisten, dass es meinem Geist genauso ging.

Ich starrte auf die Kaffeemaschine und wartete darauf, dass der Kaffee in die Kanne tropfte, während das Zischen des erhitzten Wassers meinen nebligen Kopf erfüllte.

„Wer würde eine Frau entführen, sich als Behörde ausgeben und sie verhaften?", sagte ich zu mir selbst. Ich lehnte mich auf den Tresen.

Es ergab keinen Sinn. Mein Bauchgefühl ließ mich alles, was der Mann am Telefon gesagt hatte, infrage stellen.

Sobald ich eine Verbindung zu ihm hatte, konnte ich sein Telefon aufspüren, seinen Hintergrund überprüfen und sicherstellen, dass er nichts zu verbergen hatte.

So haben wir es mit allen unseren Kunden gemacht, die vermisst oder entführt wurden. In den meisten Fällen war ein Ehepartner involviert oder, wenn es sich um ein Kind handelte, die Eltern. Wir informierten die Eltern oder den Ehepartner nicht darüber, dass wir ihre Finanzen, ihren Hintergrund und ihre früheren Vergehen unter die Lupe nahmen.

Leise Schritte trappelten die hintere Treppe hinunter. Ich richtete mich auf und stieß einen schweren Atemzug aus. Ich konnte ihre Anwesenheit spüren und ihren süßen Duft vom anderen Ende des Raumes riechen. Ariella war aufgewacht.

„Habe ich dich geweckt?" Ich hatte nicht die Absicht, die Frage scharf und grob zu formulieren, aber der Schlafmangel machte mir einen Strich durch die Rechnung.

Ich war kein Morgenmensch, wenn ich nicht mindestens sechs Stunden geschlafen hatte. Ich hatte schon viel mehr Schlafentzug, vor allem während der Ausbildung und in Kampfsituationen. Das hier war zum Glück nichts von beidem.

„Nein. Ich konnte nicht schlafen. Ist der Kaffee fertig?", fragte sie.

Ich nahm zwei Tassen aus dem Schrank, drehte sie um und stellte sie richtig herum hin. „Fast."

Die Kaffeemaschine brühte und gurgelte. Dampf waberte aus der Rückseite des Geräts. Es war kein Hightech-Gerät, aber es machte eine gute Tasse Kaffee in ziemlich kurzer Zeit. Ich hasste es, auf mein morgendliches Gebräu warten zu müssen.

Der letzte Rest des Kaffees tropfte in die Kanne und ich schenkte zwei Tassen ein. Ich drehte mich um und reichte ihr einen Becher.

„Danke", flüsterte sie und starrte mich an.

Ich versuchte, sie nicht anzustarren, weder die weite Flanellhose noch das weißen T-Shirt, das an ihren Brüsten klebte und ihre Brustwarzen, die durch das Hemd hindurch zeigten. Ich scheiterte kläglich.

Ihre Augen weiteten sich, und sie rückte ihr Hemd zurecht, wobei sie einen Arm über ihre üppigen Brüste legte und mit der anderen Hand den Kaffeebecher an die Lippen führte.

Ich wollte mich entschuldigen; ich wusste, ich hätte etwas sagen sollen.

Stattdessen wandte ich den Blick ab, fuhr mir mit der Hand durch die unordentlichen Haare und zeigte auf den Kühlschrank. „Bediene dich. Ich muss heute früh los und mich um einen neuen Kunden kümmern."

„Oh. Kann ich dir bei etwas helfen?" Ihre Augen waren voller Versprechen und Hoffnung.

„Nein. Es hat keinen Sinn, dass du früher zur Arbeit kommst. Ich werde den Hintergrundcheck heute Morgen durchführen. Wenn du ins Büro kommst, werden wir sehen, was du für uns tun kannst."

Sie nippte an ihrem Kaffee und hielt die Tasse an ihre Lippen, während sie einen langen, langsamen Schluck nahm. „Es macht mir nichts aus, früher zu kommen."

„Das ist keine gute Idee." Als wir beide allein im Büro waren, hatte ich den wilden Gedanken, sie über meinen Schreibtisch zu beugen, ihren Rock zu heben und mich an ihr zu vergehen.

Runter, Junge. Ich musste mich beruhigen, bevor sie meine Erregung mitbekam.

Sie runzelte die Stirn und ihre Unterlippe schob sich vor. „Nun, vielleicht liegt es nicht an dir." Sie stellte ihre Kaffeetasse hart ab und spritzte die Reste aus ihrer Tasse.

Sie erregte meine Aufmerksamkeit. „Wie bitte?" Ich trat näher und blickte in diese intensiven grünen Augen, die mich jedes Mal aufs Neue in ihren Bann zogen.

„Ich arbeite für Eagle Tactical, nicht nur für dich", sagte sie. Ihre Lippen waren fest und ihr Kinn angespannt.

Am liebsten würde ich mich zu ihr hinunterbeugen, einen Arm um ihre Taille legen und sie fest an mich ziehen.

Ich stellte mir vor, wie ich ihr Kinn mit meinem Daumen anhob und ihre Lippen zu meinen führte. Wir waren nur wenige Zentimeter voneinander entfernt.

Konnte sie die Hitze spüren, die von meinem Körper auf ihren strahlte?

Ich fuhr mir mit der Hand über den Nacken und trat einen Schritt zurück, um mich von dieser Vorstellung zu erholen. Das konnte nicht passieren. Es sollte nicht passieren.

Sie war meine Angestellte, obwohl ich Gefühle für sie hatte, hatten wir uns darauf geeinigt, diesen Wünschen nicht nachzugeben. Das musste ich respektieren. Ich könnte eine kalte Dusche gebrauchen.

„Habe ich dich wütend gemacht?", fragte Ariella.

„Ja."

KAPITEL SECHS

Hazel

Der Himmel war dunkel geworden und in der Ferne raschelten wilde Tiere im Gras. Ich blieb auf der Wiese, die Straße war nur ein paar Meter entfernt, aber ich wollte nicht auf der gepflasterten Straße gehen.

Jedes Mal, wenn ein Auto vorbeifuhr, hielt ich an und duckte mich ins Gras, um mich vor den Männern zu verstecken, die auf der Suche nach mir waren - dieselben Männer, die die US-Marshals getötet hatten.

War es Franco oder einer seiner Handlanger? Wie auch immer, ich war nicht sicher.

Meine Füße taten weh und waren voller Blasen. Aber ich konnte meine Schuhe nicht ausziehen. Das wäre noch schmerzhafter und dümmer gewesen.

Ich hatte nicht damit gerechnet, dass die U.S. Marshals am Ende tot sein würden. Das war alles meine Schuld.

Ich schlang die Arme um meinen Körper, denn der steile Anstieg auf den Berg machte meinen Stadtmädchenwaden zu schaffen.

Ich war nicht in Form, zumindest nicht für eine Wanderung dieses Ausmaßes. Ich war aus der Puste.

Je höher ich kletterte, desto mehr Schnee bedeckte den Weg.

Das Geräusch von Reifen auf Schotter und Schlamm ließ mich erstarren.

Jemand kam. War es Franco?

Ich duckte mich und blieb ganz still, der Wald umgab mich und ließ das Fahrzeug vorbeifahren, ohne dass der Fahrer mich bemerkte.

Der Truck raste durch den Schneematsch, und die Schotterpiste den Berg hinauf. In der Ferne, durch den Wald, flackerte das Licht einer Veranda auf.

Ich kam von der Straße ab und lief durch das Gebüsch, die Äste knirschten unter meinen Füßen.

Ich musste die Abkürzung nehmen. Es war die einzige Möglichkeit, so schnell wie möglich aus der Kälte zu kommen.

Aus der Hocke heraus beobachtete ich fasziniert, wie ein Mann aus seinem Truck stieg und vor dem Gebäude stand. Es war zu groß, um ein Haus zu sein.

Es war unmöglich, dass er mich sehen konnte. Ich machte noch ein paar Schritte nach vorn.

Er konnte doch nicht wissen, dass ich hier draußen war, oder? Mein Magen knurrte und ich wischte mir den Schweiß von den Handflächen an meiner Jeans ab.

Er war nicht mehr als eine hübsche Silhouette, soweit ich das erkennen konnte, aber es war dunkel, und innerhalb weniger Augenblicke war er drinnen.

Ich war in der Nähe des Waldeingangs und trat in den glitschigen, verschneiten Matsch. Meine Schuhe versanken in der Feuchtigkeit, als ich mich dem Gebäude mit dem verdunkelten Schild „Lumberjack Shack" näherte.

Draußen standen zwei geparkte Fahrzeuge. Waren es der Besitzer und ein Angestellter? Es sah nicht geöffnet aus, aber es war auch sehr spät oder unglaublich früh, je nachdem, wie man es betrachtete.

Ich eilte zum Eingang und versuchte, die Tür zu öffnen, um zu sehen, ob sie verschlossen war.

Sie rührte sich nicht. Ich spähte durch das Fenster; die Stühle standen verkehrt herum auf den Tischen. Der Laden war für heute Abend geschlossen.

Würden sie bald wieder öffnen? Die Sonne würde vielleicht erst in ein paar Stunden aufgehen, aber wenn sie Kaffee und Frühstück servierten, würden sie öffnen.

Die Eingangstür flog auf, und ich sprang erschrocken zurück. Es war keiner der Männer, die hinter mir her waren.

Ich blickte auf den Herrn, der mit seinem dichten Bart und dem Flanellhemd wie ein Bergmann aussah. „Du hast mir fast einen Herzinfarkt verpasst!", sagte ich.

„Ich? Du bist diejenige, die durch meine Fenster späht." Er musterte mich, bevor er einen Blick auf den fast leeren Parkplatz warf. „Kein Auto?"

Es hatte keinen Sinn, ihn zu belügen. „Ich bin gelaufen." Ich schlang meine Arme um mich und fühlte mich winzig im Vergleich zu seiner Größe und Statur.

Er könnte mich mit Leichtigkeit überwältigen, aber seine Augen leuchteten vor Fröhlichkeit.

Er sah nicht furchterregend aus, wie Franco.

„Komm rein, raus aus der Kälte", sagte er.

Ich wartete nicht darauf, dass er zweimal fragte oder es sich anders überlegte. Ich folgte ihm auf dem Absatz und ging mit ihm hinein. Ich atmete laut und lang aus, denn die Wärme des Raumes beruhigte bereits meine schmerzenden und empfindlichen Muskeln.

Das Restaurant war schwach beleuchtet, was er sofort behoben hatte, sodass meine Augen schmerzten. Ich schirmte meinen Blick ab, bis ich mich an die Helligkeit gewöhnt hatte.

„Du siehst aus, als könntest du eine Mahlzeit und vielleicht eine Dusche vertragen", sagte er.

Ich wollte mich nicht ausziehen. Das wird nicht passieren, Kumpel. „Kaffee klingt gut." Ich brauchte Koffein, um mich wachzuhalten.

Auf der Fahrt durch das Land hatte ich höchstens ein oder zwei Stunden im Auto geschlafen. Hätte ich gewusst, was passieren würde, hätte ich versucht, mehr zu schlafen.

„Ich bin Lincoln", sagte er und stellte sich vor.

Ich starrte ihn an und überlegte, ob ich meinen Namen nennen oder lügen sollte. „Ashley Sinclair."

Die Lüge rutschte mir heraus, bevor ich mich selbst aufhalten konnte, selbst wenn ich es gewollt hätte.

„Es ist schön, dich kennenzulernen, Ashley Sinclair." Seine Augen waren fest und schmal, als er hinter den Tresen ging, um eine Kanne Kaffee aufzusetzen.

Ich folgte ihm und meine Füße hinterließen ein Chaos aus Schnee und Eis auf dem Boden des Restaurants. Lincoln würde mich hassen. Er würde mich noch mehr hassen, wenn er merkt, dass ich den Kaffee nicht bezahlen kann. „Eigentlich konnte ich mir nur ein Glas Wasser leisten."

Ich hatte nicht einmal einen Dollar dabei. Mein Portemonnaie und meine Besitztümer waren bei Franco.

Alles, was ich besaß, hatte ich zurückgelassen.

„Du siehst aus, als hättest du heute viel durchgemacht. Der Kaffee geht aufs Haus", sagte Lincoln.

„Wirklich?" Ich konnte nicht glauben, dass er nett war, nur um nett zu sein. In Chicago waren die Leute nur dann nett, wenn sie etwas wollten und es zu ihrem Vorteil war.

„Du erinnerst mich an jemanden", sagte er.

Ich kletterte auf den Hocker und setzte mich an den Tresen. „Nun, ich kann dir versichern, dass wir uns noch nie getroffen haben. Ich war noch nie hier - wo bin ich eigentlich?"

Ich war auf dem Weg zu Mason bei Eagle Tactical, aber alles, woran ich mich erinnerte, war, dass es in Montana lag.

„Du bist wirklich in Schwierigkeiten, wenn du nicht weißt, in welcher Stadt du bist", sagte Lincoln. Er schnappte sich einen Becher und schenkte mir eine Tasse Kaffee ein. „Milch und Zucker?"

„Ja, bitte." Er holte eine Handvoll abgepackter Sahne und Zucker unter dem Tresen hervor.

„Danke." Ich nahm die Tasse und schüttete zwei mal Sahne hinein, bevor ich vier Stück Zucker hinzufügte.

„Heiliger Strohsack, du hast eine Schwäche für Süßes." Er lachte und fuhr sich mit der Hand über den Kiefer. „Ich weiß nicht, ob ich jemals jemanden gesehen habe, der so viel Zucker in eine einzige Tasse Kaffee getan hat.

War das unhöflich von mir, das zu tun, ohne seinen Kaffee vorher zu probieren? War nicht jeder Kaffee gleich, bitter und stark?

Sein Handy surrte und er griff in seine Hosentasche. Er zog die Stirn in Falten, als er eine SMS beantwortete.

„Freundin?", fragte ich. Er sah verwirrt aus. Vielleicht war sie sauer, dass er um diese Zeit noch nicht im Bett war?

„Nein. Äh, mein zweiter Job."

„Oh." Ich nahm die warme Tasse in beide Hände und blies sanft darauf, bevor ich die dampfende Tasse an meine Lippen führte. Ich atmete die Wärme ein, bevor ich meine Lippen über das Porzellan streifen ließ. „Du arbeitest hier also in Teilzeit?"

„Mir gehört der Laden", sagte Lincoln. Er steckte sein Handy weg und schob es zurück in seine Tasche. „Du sagtest, du heißt Ashley?"

„Ja, das ist richtig." Ich nahm einen weiteren Schluck von meinem Kaffee, um mich abzulenken.

Es war einfacher zu lügen, wenn ich dem Mann, der mich aus der Kälte geholt hatte, nicht ins Gesicht sehen musste.

„Wurdest du von jemandem getrennt?", fragte Lincoln. Er schenkte sich eine Tasse Kaffee ein, schwarz. „Ich kann mir nicht vorstellen, dass du ohne Auto in der Kälte unterwegs bist."

„Ich wohne gleich die Straße runter."

Lincoln lächelte. „Natürlich. Du kommst wahrscheinlich ständig hierher. Ich habe nur ein schreckliches Gedächtnis. Eine Nebenwirkung des Kriegsdienstes."

Ich nahm noch einen Schluck, mein Magen knurrte vor Hunger.

„Wie magst du deine Eier?", fragte Lincoln.

„Was ist das?" Hatte er auch mein unangenehmes Magenknurren gehört?

„Ich mache dir etwas zu essen. Normalerweise würde ich dir Pfannkuchen anbieten, aber ich wette, du kannst die zusätzlichen Proteine gebrauchen. Du siehst aus, als wärst du kilometerweit gelaufen. Habe ich recht?"

War es so offensichtlich, dass ich in Schwierigkeiten steckte? Ich bedeckte mein Gesicht mit meiner Hand. „Ich bin nur auf dem Weg von zu Hause ein wenig umgeknickt."

Noch eine Lüge. Wie leicht sie mir entschlüpfen.

„Stimmt. Wie magst du die Eier? Ich werde Rühreier machen."

Mir lief das Wasser im Mund zusammen bei dem Gedanken an das Essen. Es war noch nicht einmal zubereitet, und schon konnten sich meine Sinne den Geschmack vorstellen. „Das klingt köstlich."

„Ich bin gleich wieder da", sagte Lincoln und ging in die Küche.

Ich drehte mich auf meinem Sitz und behielt die Tür im Auge. Ich wollte wachsam und vorbereitet sein, für den Fall, dass die Männer, die uns von der Straße gedrängt und auf den Geländewagen geschossen hatten zurückkamen. Ich hatte sie nicht mehr gesehen, seit ich aus dem Fahrzeug geflüchtet und herausgesprungen war, bevor der Geländewagen in die Schlucht stürzte. Nahmen sie an, dass ich tot bin?

Hielt Mason mich für tot?

Sosehr ich ihn auch im Internet verfolgt hatte, konnte ich nicht herausfinden, ob er Single war oder geheiratet hatte. Es gab nicht viel über ihn, abgesehen von der offensichtlichen Tatsache, dass er in einer Spezialeinheit der Armee gedient hatte und jetzt Teilhaber von Eagle Tactical war. Es schien fast so, als ob er wollte, dass die Leute das über ihn wissen, und das war's.

Ich schlürfte den letzten Schluck meines Kaffees und sehnte mich nach einer weiteren Tasse. Ich rutschte vom Hocker und ging hinter den Tresen. Lincoln war in der Küche beschäftigt. Hoffentlich hatte er nichts dagegen, dass ich mir eine zweite Tasse einschenkte.

Die Klingel an der Tür läutete, als jemand die Tür öffnete und ins Haus kam.

Ich duckte mich hinter den Tresen und hielt mir den Mund zu.

„Hallo?", hallte ein dicker russischer Akzent durch das Restaurant. Seine Stimme dröhnte und hallte mit jedem schweren Schritt, den er machte.

Verdammt!

Weitere Schritten, die sich von dem Mann, der gesprochen hatte, trennten, näherte sich dem Tresen.

„Können wir bedient werden?", sagte ein anderer Russe.

Er klopfte oben auf den Tresen und hob die Tasse an, die ich mir gerade eingeschenkt hatte.

KAPITEL SIEBEN

MASON

Ich hielt auf dem Parkplatz an, nachdem ich von Lincoln gehört hatte, dass ein fremdes Mädchen im Restaurant aufgetaucht war.

Es musste Hazel sein.

Wer sonst wäre mitten in der Nacht zu Fuß dorthin gewandert? Sein Text war kurz, aber detailliert genug, um zusagen, dass das Mädchen in Schwierigkeiten steckte.

Ich musste ihn auf den neuesten Stand bringen, aber das konnte warten. Ich parkte neben einem unbekannten Geländewagen und stieg aus meinem Truck aus.

Einschusslöcher säumten die Außenkarosserie des SUV. Ich schnappte mir meine Waffe und eilte zum hinteren Teil des Restaurants, durch die Tür, die für die Lieferungen offen gelassen worden war.

Die Sonne war noch nicht aufgegangen, aber die Trucks kamen normalerweise, bevor das Restaurant öffnete.

Ich stürmte mit gezogener Waffe durch die Küche und traf auf Lincoln.

„Wo ist sie?"

„Können wir bedient werden?", ertönte ein dicker russischer Akzent von der anderen Seite der Tür.

„Da draußen", sagte Lincoln. Er griff unter den Küchentisch und holte seine Ersatzwaffe. „Ich habe sie nur fünf Minuten allein gelassen, um Frühstück zu machen, ich schwöre..."

Ich hielt eine Hand hoch, damit er still war. Sie können sie nicht gesehen haben, ansonsten wären sie mit ihr schon gegangen.

Ich schnappte mir ein Serviertablett und versteckte darunter meine Waffe. Lincoln folgte direkt hinter mir, damit sie auch seine Waffe nicht sehen konnten.

„Kann ich Ihnen helfen, mein Herr?", fragte ich und trat aus der Küche.

Ich versuchte, das kastanienbraune Haar zu ignorieren, das sich in der Beuge des Tresens versteckt hatte. Sie zitterte auf dem Boden, ihr Körper war angespannt wie eine Erdnuss, wie bei einer dieser Übungen, die wir in der Grundschule gelernt haben.

„Die Küche hat noch nicht geöffnet. Wir können dir Kaffee zum Mitnehmen bringen."

Die Männer tauschten flüchtige Blicke aus. „Was für ein Restaurant hat zum Frühstück nicht geöffnet?"

„Die Art, die kein Frühstück serviert", sagte Lincoln zwischen zusammengebissenen Zähnen.

Seine Hände waren zu Fäusten geballt, als er an meiner Seite vorbeikam, um den Eingang zur Küche und hinter den Tresen zu blockieren, wo Hazel sich versteckt hatte.

Hatte sie die Männer kommen sehen? Woher hatte sie gewusst, dass sie sich verstecken musste?

„Weißt du, wo ich ein Bett finden kann?", fragte der Mann mit dem schütteren schwarzen Haar. Seine Muskeln traten aus seinem Hemd hervor.

Warum zum Teufel hatte er keine Jacke an? Welcher Idiot lief im Winter ohne Jacke herum?

„Auf dieser Seite des Berges gibt es keinen freien Platz", sagte ich. Ich wollte nicht, dass die beiden Männer in der Stadt bleiben.

„Richtig." Sie tauschten einen kurzen, flüchtigen Blick aus, bevor sie ihre Waffen hoben.

Die Waffen wurden gezogen und die Kugeln flogen durch die Luft.

Ich duckte mich an der Theke und schlich mich zu Hazel hinter die Theke. Ihre Augen trafen meine.

Ich gab ihr ein Zeichen, dass sie unten bleiben sollte.

Lincoln feuerte eine Reihe von Schüssen ab, und ich stand hinter dem Tresen und tat dasselbe, wobei ich ihnen mehrere Schüsse in die Brust und dann einen letzten tödlichen Schuss in den Kopf versetzte.

„Scheiße", murmelte Lincoln und trat ihnen die Waffen aus den Händen.

Er fühlte ihren Puls, eine Angewohnheit, bei der er nie zu vorsichtig war, nur um sicherzugehen, dass sie so tot waren, wie sie aussahen. „Meinst du, die Versicherung deckt den Schaden?"

Ich lachte leise vor mich hin. Das war seine größte Sorge?

Ich half Hazel aufzustehen. Sie zitterte in meinen Armen, ihre Augen waren groß und voller Angst. „Es ist alles in Ordnung. Du bist jetzt in Sicherheit", sagte ich. „Sie können dir nicht mehr wehtun."

„Ich mache mir keine Sorgen um sie", flüsterte Hazel. „Ich habe nur Angst vor Franco."

„Bring sie hier weg", sagte Lincoln. „Bringt sie zum Eagle Tactical. Ich räume hier auf und rufe den örtlichen Sheriff an."

„Er wird alle unsere Aussagen haben wollen." Ich wollte Hazel zwar beschützen, aber ich wollte auch nicht das Gesetz für sie brechen.

Wir hatten zwei Männer in Notwehr getötet, aber sie war eine Zeugin und der Grund, warum die Männer im Restaurant gewesen waren. Wir konnten sie nicht aus der Geschichte herauslassen.

Außerdem hatten der Sheriff und ich eine gute Beziehung. Wir berieten die örtliche Polizei gelegentlich und halfen ihr, wenn sie unsere Hilfe brauchte.

Es wäre klug, sie wissen zu lassen, was auf sie zukommt. Es war möglich, dass die Sache noch lange nicht vorbei war.

„Ja, ich weiß." Lincoln scheuchte uns aus dem Restaurant. „Ich sage ihm, er soll in deinem Büro vorbeikommen. Bring sie einfach weg von hier und halte sie von der Gefahr fern."

Ich warf einen Blick aus dem Fenster und vergewisserte mich, dass draußen keine anderen Fahrzeuge oder Männer herumlungerten, bevor ich die Tür öffnete und sie zu meinem Truck führte.

„Danke, dass du mir das Leben gerettet hast", sagte Hazel.

Ich versuchte, sie nicht anzustarren, aber es fiel mir verdammt schwer. Ich hatte sie seit über einem Jahrzehnt nicht mehr gesehen.

Ich grinste wie ein verdammter Idiot und öffnete die Tür des Trucks. „Steig ein."

Mann, war das schön, sie wiederzusehen. Auch wenn es mir lieber gewesen wäre, wenn es unter anderen Umständen geschehen wäre.

Ich reichte ihr die Hand, als sie sich mühsam auf das Trittbrett hievte. Im Truck angekommen, schloss ich die Tür und eilte zur Fahrerseite.

Ich kletterte hinein, fuhr vom Parkplatz und behielt meine Aufmerksamkeit auf der Straße. Ich vergewisserte mich, dass uns niemand folgte.

„Wie ist es dir ergangen? Na ja, ich meine, abgesehen von all dem hier", sagte ich.

Was für eine dumme Frage. Seit wann bin ich ein Trottel, wenn es um Frauen geht?

Hazel hatte mein Interesse und mein Herz in der High School erobert. Wir waren zusammen auf ein Internat in Chicago gegangen. Als meine Eltern in Montana lebten, geriet ich in Schwierigkeiten und sie schickten mich zu meiner Großmutter nach Chicago.

Das war nicht von Dauer.

Nach zwei Wochen bei ihr hatte ich die Wahl zwischen einer Militärschule und einem Internat.

Hazel seufzte lang und laut. Ihr Blick war die ganze Zeit auf mich gerichtet.

„Habe ich etwas im Gesicht?", fragte ich. Ich rieb mir über die Stirn.

„Nein. Es ist nur so, dass ich dich so lange nicht mehr gesehen habe. Ich möchte dich umarmen und dich dann schlagen, weil du mir das Herz gebrochen hast", sagte Hazel.

Was? Wann hatte ich ihr das Herz gebrochen?

Ich versuchte, darüber nachzudenken, aber meine Aufmerksamkeit wurde schnell abgelenkt, als eine schwarze Limousine die Straße nach Norden fuhr.

Instinktiv streckte ich die Hand aus und zog ihren Kopf nach unten, damit man ihr Gesicht nicht sehen konnte, wenn das Fahrzeug vorbeifuhr.

„Noch mehr Russen?" Hazels Stimme zitterte.

Sie sahen zwar nicht wie die Schläger von vorhin aus, aber es war trotzdem seltsam, um diese Zeit jemanden zu sehen, der nicht von hier war.

Ich wartete, bis das Fahrzeug vorbeifuhr, um zu antworten. „Ich glaube nicht, dass sie mit den Jungs im Restaurant waren."

Es gab Gäste, die im Resort blieben und zum Restaurant kamen oder auf den örtlichen Wanderwegen wanderten, aber das geschah erst bei Tageslicht.

Etwas stimmte nicht, aber ich wollte sie nicht beunruhigen.

Die Sonne war kurz davor, über den Horizont zu schauen. Ich trat das Gaspedal durch.

Im Dunkeln würde es einfacher sein, sich zu bewegen.

Bei Tageslicht würde Hazel mit ihrem feurigen kastanienbraunen Haar auffallen. Ich würde Ariella zu einem Laden schicken müssen, um Haarfarbe und wahrscheinlich noch ein paar andere Dinge zu besorgen.

Immer eins nach dem anderen. Als Erstes musste ich dafür sorgen, dass sie überlebte.

Ich fuhr bei Eagle Tactical vor und drängte sie ins Gebäude, wo ich sofort die Tür verschloss. „Komm mit mir."

Ich führte sie den Flur entlang in mein Büro. Ich wollte nicht, dass sie in der Nähe des Eingangs war, obwohl es eine Hintertür gab, war sie wegen des Schnees und des Eises auf dem Weg dorthin nicht leicht zu erreichen. Niemand schaufelte jemals den hinteren Weg frei.

Sie folgte mir in mein Büro, ihre Schritte waren leise und unsichtbar auf den Kacheln, während meine Schritte laut und energisch waren, als ich meine Anwesenheit ankündigte.

Aiden und Declan steckten ihre Köpfe aus ihren jeweiligen Büros. „Guten Morgen", sagten sie unisono.

„Das ist Hazel. Hazel, das sind Aiden und Declan", sagte ich und stellte sie vor.

„Schön, dass ihr es noch rechtzeitig ins Restaurant geschafft habt", sagte Declan. „Lincoln hat uns eine SMS geschickt, dass das Feuergefecht vorbei ist, sonst wären wir herbeigeeilt, um zu helfen."

„Wir hatten es im Griff." Wir waren weder unterlegen noch überfordert. Ich hatte schon unzählige Male Schlimmeres erlebt. „Ich nehme Hazel mit in mein Büro und rede ein paar Minuten mit ihr unter vier Augen. Der Sheriff wird gleich vorbeikommen, um unsere Aussagen aufzunehmen. Lasst ihn bitte rein, ja? Und lasst die Tür verschlossen. Wir können nicht vorsichtig genug sein."

Ich wartete nicht auf ihre Antwort. Ich schlug ihnen die Bürotür fast vor der Nase zu. Sie traten wissend einen Schritt zurück; ich hatte das Sagen, denn es war mein Fall.

Hazel war eine Priorität, *meine* Priorität.

„Setz dich", sagte ich und bot ihr das Sofa in der Ecke an. Ich trat an den Schrank heran und wühlte mich durch ein paar Schmuckstücke, bis ich eines fand, das genügen musste.

„Wonach suchst du?", fragte sie.

Ich zeigte ihr den goldenen Armreif, schob ihn über ihre Hand und ließ ihn an ihrem Handgelenk baumeln.

„Ich bin eher ein silbernes Mädchen", sagte Hazel.

„Behalte ihn an, bis die Sache mit Franco geklärt ist. Okay?" Im Obergeschoss gab es nicht viel, was wir an Ortungsgeräten hatten.

Im Keller befanden sich unsere Überwachungsgeräte, spezielle Gadgets und ein High-End-Server mit einem faradayschen Käfig, um Hacker fernzuhalten, während wir in der Lage waren, selbst die härtesten Sicherheitsmaßnahmen zu infiltrieren. Wir haben auch Waffen, aber wir hatten schon früh vereinbart, dass nur diejenigen von uns, die für Eagle Tactical arbeiten, von dem Keller und dem, was sich dort unten befindet, wissen sollten.

Ich war nicht bereit, Hazel unbeaufsichtigt zu lassen, um nach unten zu gehen und nach einer anderen Art von Peilsender zu suchen. Der Armreif würde ausreichen, und er stand ihr gut.

Sie starrte auf den Armreif an ihrem Handgelenk. Ein schwaches Lächeln umspielte ihre Mundwinkel. „Wenn ich gewusst hätte, dass du mir Schmuck schenkst, hätte ich dich schon viel früher besucht."

Ich drehte den Schreibtischstuhl um und ließ mich mit dem Gesicht zu ihr in das Leder sinken. „Es ist ein Peilsender. Solange du ihn trägst, bist du sicher."

„Ist das nicht ziemlich offensichtlich?" Sie stieß mich mit dem Arm an, wobei das Armband an ihrem Handgelenk schwang. „Es war nicht sehr diskret."

Wir hatten diskrete Hightech-Tracker, aber ich habe sie nicht aus den Augen gelassen. Das war eine Formalität, nur für den Fall, dass etwas passieren würde.

„Das muss nicht sein. Ich werde Franco nicht in deine Nähe lassen." Ich setzte mich ihr gegenüber und verschränkte meine Hände im Schoß. „Ich will alles über diesen Bastard wissen. Erzähl mir, alles."

Ihre Finger spielten mit dem Armband, während sie sprach. „Ich weiß nicht viel über ihn. Mein Bruder, der neue Chef der russischen Mafia, hat mich an seinen Stellvertreter verkauft."

„Er hat dich verkauft?" Meine Fäuste ballten sich und ich stand auf, angewidert von jedem Mann, der eine Frau für sein Eigentum hielt. Ich konnte nicht still sitzen, meine Beine ließen es nicht zu. Ich lief durch mein Büro und riss praktisch ein Loch in die Fliesen. „Mach weiter."

Ich benötigte mehr Details.

Sosehr es mich auch anwiderte, es zu hören, wollte ich *alles* wissen.

„Nikolai dachte, es wäre höchste Zeit, dass ich heirate und arrangierte den Kauf von Franco Ivanov."

Ich hielt inne, als ich den verschlossenen und zögernden Blick in ihrem Gesicht erkannte.

Ich beugte mich zu ihr hinunter, nahm ihre Hand in die meine und fuhr mit der anderen Hand mit den Fingern durch ihre leuchtend roten Locken, um ihr Kinn meinem Blick zuzuwenden.

„Ich werde nicht zulassen, dass dir etwas zustößt. Ich verspreche dir, Hazel, du bist bei mir sicher."

„Ich werde nie wieder sicher sein", murmelte sie. „Franco wird nicht aufhören, nach mir zu suchen."

Ihre Hände zitterten und sie wischte sich die salzigen Tränen ab, die in ihren Augenwinkeln glitzerten.

„Ich meine, vielleicht wird er das, aber wenn das der Fall ist, dann nur, weil er mich tot sehen will. Sie haben zwei U.S. Marshals getötet, Mason. Männer wie er geben nicht auf. Sie werden nie aufgeben, nach mir zu suchen. Es würde mich nicht wundern, wenn

Franco von seinen Männern verlangt, mich zurückzubringen - tot oder lebendig."

Ich würde nicht zulassen, dass Hazel das passiert. Sie bedeutete mir zu viel, und außerdem war es meine Aufgabe, diejenigen zu beschützen, die sich nicht selbst schützen konnten. „Zuerst musst du mit dem Sheriff sprechen. Wenn du damit fertig bist, werde ich dafür sorgen, dass du umziehst und immer von einer Schutztruppe begleitet wirst."

„Ich dachte, ich bleibe hier." Hazel tätschelte das Sofa. „Ich kann hier schlafen. Es ist wirklich keine große Sache."

War sie albern? Obwohl wir bei Eagle Tactical gute Sicherheitsvorkehrungen trafen, war es für Franco ein idealer Ort, um nach ihr zu suchen.

Wir konnten sie nicht bei einem unserer Mitglieder von Eagle Tactical unterbringen, was gegen das Protokoll verstößt, und sie hatte mich indirekt angeheuert, als sie mich um Hilfe bat.

Außerdem konnte ich nicht rund um die Uhr auf sie aufpassen. Es wäre besser für sie, wenn das ganze Team ihr helfen würde.

Jaxson machte die Tür auf, ohne zu wissen, was vor sich ging. Er war nicht auf dem Laufenden gehalten worden, das war meine Schuld.

Mit gerunzelter Stirn deutete er auf Hazel.

„Wir haben einen neuen Kunden", sagte Jaxson. „Er hat uns heute Morgen angerufen und uns beauftragt, seine verschwundene Frau zu finden. Es tut mir leid. Wir kennen uns noch nicht. Ich bin Jaxson Monroe."

„Ashley Sinclair", sagte Hazel mit einem erzwungenen Grinsen, während sie ihre Hand ausstreckte.

KAPITEL ACHT

JAXSON

„Wie schön, Sie kennenzulernen, Ms. Sinclair", sagte ich, trat näher und reichte ihr die Hand.

Ein Blick auf sie und ich erkannte sie ohne Zweifel als Hazel Agron von dem Bild auf meinem Handy.

Was hatte Mason mit ihr zu tun? „Kann ich dich kurz unter vier Augen sprechen?", fragte ich Mason.

„Sicher. Ich bin gleich wieder da", sagte er zu der Frau, die auf dem Sofa in seinem Büro saß.

Ich trat auf den Flur hinaus und gab ihm ein Zeichen, in mein Büro zu kommen.

Ich drückte die Tür fester zu als beabsichtigt. Sie knallte zu.

„Hast du etwas auf dem Herzen?", fragte Mason. Es waren nur wir beide da.

„Das Mädchen, das du glaubst zu beschützen, ist nicht das, was sie vorgibt zu sein."

Warum hatte Hazel in seinem Büro über ihre Identität gelogen? Hatte Mason gemerkt, dass er getäuscht worden war?

Ich wollte vernünftig sein. Ich überprüfte immer noch Nikolai und Hazel. Die Informationen waren bei beiden blitzsauber. Nicht ein einziger Strafzettel.

Masons Augen leuchteten und seine Mundwinkel bogen sich nach oben. „Das weiß ich, aber woher weißt du das?", fragte er.

Ich ließ mich in meinen Bürostuhl fallen und drehte ihn so, dass ich Mason gegenüber saß. „Setz dich." Ich wies auf den leeren Platz in meinem Büro.

Er atmete laut durch seine Nase aus und setzte sich. „Was ist los, Jaxson?"

„Ich habe heute Morgen einen Anruf von einem neuen Kunden erhalten, der uns um Hilfe bei der Suche nach seiner vermissten Frau gebeten hat."

„Vermisste Frau? Sag mir, dass du ihn nicht angeheuert hast." Mason lehnte sich auf seinen Knien nach vorn, den Kopf in den Händen. „Hast du verpasst, was gestern Morgen mit deiner Freundin passiert ist?"

Mein Kiefer krampfte sich zusammen und meine Hände ballten sich an der Seite zu Fäusten. „Sie ist nicht meine Freundin, und nein, ich war damit beschäftigt, den Hintergrund für das Blue Sky Resort zu überprüfen. Ich bin überrascht, dass sie uns nach dem letzten Mal mit Ariella beauftragt haben."

Nach vorn gebeugt, die Ellbogen auf den Knien, fuhr er sich mit der Hand durch sein kurz geschnittenes Haar. „Bitte sag mir, dass wir nicht die russische Mafia als Kunden gewonnen haben", sagte Mason.

Wovon zum Teufel redete er? „Sie ist bei der russischen Mafia?"

Ich hatte erste Nachforschungen angestellt, und alles war blitzsauber.

Meine Spezialität war der Außendienst. Ich war kein Hacker. Ich wusste nicht, wie man auf etwas zugreift, das nicht leicht zugänglich war. Declan war dafür der Richtige, und Ariella, bei ihr hatte ich das Gefühl, sie konnte mit ihrer ehemaligen CIA-Ausbildung mit ihm mithalten.

Ich hätte das Angebot von Ariella heute Morgen nicht ablehnen sollen. Das war töricht und selbstherrlich.

„Sie ist nicht freiwillig bei der russischen Mafia", sagte Mason und räusperte sich. „Hazel's Bruder ist der Kopf der Mafia in Chicago. Ich nehme an, du weißt bereits, dass das ihr richtiger Name ist."

Wir hatten keine Geheimnisse voreinander. „Warum hast du mir nicht gesagt, dass du ihren Hilferuf angenommen hast?"

Mir gefiel die Situation nicht, in die unser Team dadurch geriet: Es war nicht ratsam, beide Seiten zu engagieren. Wir waren keine Vermittler und hatten es mit der Mafia zu tun, nicht mit einer schmutzigen Scheidung.

„Aiden und Declan wissen es schon", sagte Mason. Er streckte seine Hände mit den Handflächen nach oben aus. „Lincoln weiß es auch."

„Lincoln?" Ich stand auf und der Stuhl quietschte, als er hinter mich rutschte. „Warum erfahre ich das als Letzter?"

„Weil du deinen Kopf so sehr in den Arsch gesteckt hast, Monroe. Du hast dich in deinem Büro vergraben, um dem heißen Typen da draußen aus dem Weg zu gehen", sagte Mason und zeigte auf die Tür. „Hättest du fünf Minuten Zeit gehabt, nicht narzisstisch zu sein, hättest du gesehen, was sich direkt vor deiner Nase befindet."

Es war gut, dass Mason nicht mein Angestellter war und wir gleichberechtigt waren, sonst hätte ich ihn gefeuert und vor die Tür gesetzt.

„Du gehst zu weit, Reid." Wenn er mich bei meinem Nachnamen nennen wollte, konnten wir das Spiel zu zweit spielen.

Es klopfte leise an die Tür. „Was?", rief ich und riss die Bürotür auf.

Ariella stand auf der anderen Seite, ihre Augen waren weit aufgerissen, als sie von mir zu Mason blickte.

„Erschießt nicht den Boten", sagte sie, „aber der Sheriff ist hier, um deine Aussage zu hören, Mason."

„Deine Aussage? Was zum Teufel, Mason?" Wie viel hatte ich verpasst?

Mason stand auf und schob sich ohne ein weiteres Wort an mir vorbei. Er führte Sheriff Nelson in sein Büro und schloss die Tür hinter sich.

„Was zum Teufel ist hier los?", fragte ich.

Declan und Aiden waren im Flur verschwunden und Ariella hatte sich an ihren Schreibtisch gesetzt und versuchte, klein und unsichtbar zu wirken.

„Ariella?" Ich wollte, dass mir jemand sagt, was ich verpasst habe. Es schien, als wüsste sie von Hazel. Was wusste sie noch?

„Ja?", quietschte ihre Stimme, als sie meinen Blick erwiderte.

„In mein Büro, sofort." Ich stapfte in mein Büro und drehte mich nicht um.

Ich konnte ihre leisen Schritte auf dem Boden hören.

Sie ließ die Bürotür offen und hoffte wahrscheinlich, dass Declan oder Aiden ihren Arsch retten würden.

„Was kann ich für dich tun?", fragte Ariella. Sie stand da, die Arme fest an die Seite gepresst, ihre Schultern hingen nach unten.

„Setz dich."

„Willst du mich feuern?"

„Was?" Ich lachte über die Absurdität ihrer Frage. „Habe ich einen Grund, dich zu feuern?"

Hatte sie etwas getan, was mir noch nicht bewusst war?

Sie rührte sich nicht von ihrer Position, nur ein paar Meter von der Tür entfernt. Ihr Körper war praktisch eine Statue, abgesehen von dem leichten Zittern.

„Ich glaube nicht", stammelte sie.

„Gut." Ich kniff mir in den Nasenrücken. Fünf Sekunden, und ich bekam Kopfschmerzen von ihr. Vielleicht gab ich ihr die Schuld für etwas, das nicht ihre Schuld war. Sie wusste nicht, in welchen Schlamassel ich Eagle Tactical hineingezogen hatte, als ich Franco als Kunden akzeptierte. Mist. Franco. Er hatte vor, gegen Mittag ins Büro zu kommen. „Ich benötige deine Hilfe."

Sie nickte, sagte aber kein Wort.

„Sobald der Sheriff mit seiner Befragung fertig ist, musst du Hazel zum Resort bringen."

„Blue Sky Resort?", fragte Ariella. Die Angst stand ihr ins Gesicht geschrieben. Sie sah aus, als ob sie krank wäre.

„Das kannst du doch machen, oder? Ich möchte, dass du ein Zimmer mietest. Keiner wird sich etwas dabei denken, denn niemand weiß, dass du für uns arbeitest." Das wäre für den Moment eine einfache Lösung. Ich musste Hazel aus dem Büro und an einen sicheren Ort bringen.

„Ja—das kann ich machen." Sie presste ihre Lippen fest zwischen die Zähne.

Ich konnte mir nicht vorstellen, dass es ihr leicht fallen würde, in das Resort zurückzukehren, das sie gefeuert hatte und in dem sie angegriffen worden war. Der Job selbst war auch nicht einfach.

„Ich glaube nicht, dass Mason von ihrer Seite weichen wird", sagte Ariella. „Sie haben eine gemeinsame Vergangenheit."

„Wirklich?" Sie wusste mehr über Hazel als ich. „Was weißt du noch?"

Sie schien sich unter meiner Beobachtung zu entspannen. Ariella machte einen weiteren Schritt und setzte sich auf den Stuhl, den Mason ein paar Minuten zuvor verlassen hatte. „Hazel hat ihn um Hilfe gebeten", sagte Ariella. „Vielleicht sollte ich noch einmal ganz von vorne anfangen."

„Das wäre gut." Ich setzte mich auf die Kante des Holztisches und hörte zu, wie sie erzählte, dass sie eine Nachricht auf ihrem Laptop erhalten hatte und dass Mason daran beteiligt war, das Büro des U.S. Marshals, jemand namens Colton, zu kontaktieren, um sie herauszuholen.

Ich kannte Colton. Wir hatten zusammen beim Militär gedient.

„Bleib hier", sagte ich und machte mich auf den Weg in den Flur und zu Aiden's Büro, um etwas aus dem

Safe zu holen, dass im Schrank in der Wand versteckt war.

Aiden und Declan verstummten in dem Moment, als ich ihr Büro betrat. „Kümmert euch nicht um mich", sagte ich und ging direkt zum Safe.

„Können wir dir bei etwas helfen?", fragte Declan.

„Ja. Ich muss Ariella eine Kreditkarte besorgen, um ein Zimmer zu bekommen und früher im Resort einzuchecken", sagte ich.

Ich öffnete den Safe und blätterte in den vorhandenen Unterlagen.

„Und du glaubst nicht, dass derjenige, der den Check-in-Schalter bedient, merkt, dass sie einen falschen Namen benutzt?" Declan grinste. „Willst du ihr eine Falle stellen, damit sie verhaftet wird?"

Mist. „Nein." Das Hotel würde beim Check-in eine Kreditkarte für die Nebenkosten verlangen. „Ich werde das Zimmer online buchen und sie mit ihrer eigenen Karte einchecken lassen.

Aiden schüttelte den Kopf. „Du wirst nachlässig."

Es war der Schlafmangel. Wenn ich die ganze Nacht wach war, habe ich nicht meine beste Arbeit geleistet. „Ich habe letzte Nacht nicht genug geschlafen."

Declan und Aiden tauschten einen Blick aus.

„Was?" Ich knurrte die beiden an.

„Deine sexuelle Frustration bringt uns alle um. Bitte, geht nach Hause. Duschen, schlafen, das Eichhörnchen bluffen", sagte Declan.

Peinlich berührt verschluckte ich mich an einem Lachen.

Ich konnte nicht glauben, was sie vorschlugen. Mein Blick schweifte zur offenen Tür und zu Ariella, die auf den Flur hinausgetreten war.

Verdammt!

Ich tat so, als hätte ich nicht gehört, was Declan sagte, denn ich wünschte, ich hätte es nicht gehört.

Ihre Schritte wurden lauter, als sie an die offene Tür klopfte.

„Ich dachte, ich hätte dir gesagt, du sollst in meinem Büro bleiben?" Ich warf meine Arme in die Luft. „Warum hört hier niemand auf mich?" Auf dem Weg aus Declan's Büro stapfte ich an Ariella vorbei.

Ariella bewegte sich nicht.

„Kommst du mit?", rief ich über meine Schulter.

„Muss ich das?", hörte ich sie leise vor sich hinmurmeln. Mein Handy surrte in meiner Tasche. Ich brummte und hob einen Finger, um ihr zu sagen, dass sie einen Moment warten sollte, während ich die Anrufer-ID überprüfte. Es war Skylar.

Es war, als wüsste sie, wann ich beschäftigt bin und musste mich anrufen und belästigen.

Und jetzt? Ich konnte nicht mit ihr sprechen. Ich wies ihren Anruf ab und holte tief Luft, um mich zu sammeln.

Ich drehte mich um und wollte Ariella anschreien, dass sie sich beeilen sollte, als ich bemerkte, dass sie mir bereits gefolgt war, leise und praktisch unsichtbar auf dem Absatz.

Ich blieb abrupt stehen, als ich mich zu ihr umdrehte und sie mir fast gegen die Brust knallte. Ihre Reflexe waren schnell und sie fing sich ab, bevor wir zusammenstießen.

Ich wünschte mir fast, sie wäre mit mir zusammengestoßen. Dann hätte ich einen Vorwand gehabt, sie zu berühren.

„Ich werde dein Zimmer im Voraus über das Internet bezahlen. Wenn jemand fragt, einschließlich Emma, sag ihr, dass du im Resort wohnst, bis die Versicherung für dein Haus geklärt ist", sagte ich.

Sie musste auf Fragen vorbereitet sein, vor allem bei der Rückkehr ins Blue Sky Resort.

„Ich habe das im Griff. Mach dir keine Sorgen", sagte sie und schenkte mir ein beruhigendes Lächeln. Sie streckte eine Hand aus und legte sie auf meinen Arm. „Geht es dir gut?" Ihre Stimme war sanft und süß wie Honig.

Ich wollte sie an mich ziehen, sie berühren, sie schmecken und die Qualen, die mein Herz erfüllten, verschwinden lassen.

„Ich bin nur müde", sagte ich. Ihre Berührung war sanft und doch fest. Ich wich zurück, wir konnten das nicht tun.

Sie schlurfte mit den Füßen. So viel hatte sie sich den ganzen Morgen noch nicht bewegt. „Ich habe Izzie letzte Nacht nicht gehört. Hat sie dich wach gehalten? Ich muss verschlafen haben."

„Es war nicht Izzie."

Ich wollte das nicht weiter ausgeführt.

Wie sollte ich auch?

Ihr Geruch auf meinem Kopfkissen hielt mich die ganze Nacht wach.

Sie würde mich für verrückt halten, wenn ich ihr die Wahrheit sagen würde. Vielleicht wurde ich langsam wahnsinnig und brauchte meinen nächsten Schuss von *ihr*.

Noch nie hatte ich ein so starkes Verlangen verspürt wie jetzt, einen tiefen Schmerz, der in jeder Sekunde, in der ich sie nicht berühren oder bei ihr sein konnte, an mir zerrte.

Wir hatten nur eine Nacht zusammen verbracht.

Es war wunderbar, aber ich musste es aus meinem Kopf verdrängen. Die Erschöpfung hatte mich übermannt und ich war verzweifelt.

KAPITEL NEUN

ARIELLA

Warum konnte Jaxson nicht schlafen? Wenn es nicht Izzie war, was hatte ihn dann die ganze Nacht wachgehalten?

Ich hatte tief geschlafen. Das Gästezimmer war zwar nicht so gemütlich wie in der ersten Nacht, in der ich mich unter seiner Decke zusammengerollt hatte und er mich im Arm hielt, aber wir sprachen nicht über diesen Vorfall. Er war da, um auf mich aufzupassen, das war alles.

„Ich verspreche, dass ich bald aus deinem Haus verschwinde", sagte ich.

„Gut", sagte er in einem schroffen Ton. Er rieb sich das Kinn und konnte meinem Blick nicht standhalten.

„Habe ich etwas getan, das dich verärgert hat? Denn wenn ich mich richtig erinnere, sollte ich sauer auf dich sein. Nicht andersherum."

Das erregte seine Aufmerksamkeit. Sein Blick fiel auf meine Augen und dann auf meine Lippen.

War die Heizung angestellt worden? Der Raum war um einige Grad wärmer als noch vor ein paar Minuten.

Jaxson antwortete mir nicht. Er sagte kein Wort, das musste er auch nicht. Seine Stirn war gerunzelt, und seine Augen sahen müde aus.

„Ich hätte nichts sagen sollen", murmelte ich vor mich hin. Wahrscheinlich hatte ich alles nur noch schlimmer gemacht.

„Nein", sagte er mit heiserer Stimme. Er packte mich am Arm und zog mich näher an sich heran, wobei er in meinen persönlichen Raum eindrang.

Ich hatte Mühe, seinem strengen Blick nicht zu begegnen.

Was dachte er gerade? Meine Atmung kam in leisen, flachen Atemzügen.

Seine Nähe reichte aus, um meine Sinne weiter zu schärfen.

Eine einfache Berührung seiner Hand schickte einen Funken durch meinen Körper, der mich wärmte und eine Sehnsucht in mir weckte, die ich bis dahin verdrängt hatte.

„Ich will, dass du mit mir sprichst, Sommersprosse.“

Den Spitznamen zu hören, den er mir gegeben hatte, war mein Verderben.

Ich konnte nicht vor ihm stehen und so tun, als ob alles in Ordnung wäre. Es war nicht in Ordnung.

Mein Herz tat mir unendlich weh. Er war mitten in der Nacht nach unserer ersten intimen Nacht gegangen.

Es gab keine Nachricht, kein Gespräch darüber.

„War ich nur ein Mädchen, das du ins Bett bekommen wolltest?“ Ich hatte nicht beabsichtigt, die Frage so harsch zu stellen.

Jaxson wich einen Schritt zurück, als hätte ich ihm eine Ohrfeige verpasst. Seine Augen weiteten sich und er fuhr sich mit einer Hand durch die Haare. „Komm mit mir“, befahl er.

„Bist du immer so mürrisch?“ Ich schnauzte ihn an, weil es mich ärgerte, dass er mit jeder Sekunde, die ich mit ihm verbrachte, ein anderer Mensch geworden war. War er auf der Arbeit immer so? Wie hielten die Jungs das nur aus?

Er zog eine Augenbraue hoch und sah nicht im Geringsten amüsiert über meine Frage aus. „Ich bin nicht der Miesepeter", erwiderte er.

Er ergriff meine Hand, zerrte mich in sein Büro und schloss die Tür abrupt hinter mir, während er meine Hände losließ.

Ich versuchte, nicht zusammenzuzucken, als er mich losließ, aber anscheinend war ich nicht gut darin, meine Gefühle oder Reaktionen zu verbergen. „Was machst du da?" Ich fühlte mich nicht in Gefahr oder bedroht, aber Jaxson war auch nicht mehr er selbst, zumindest nicht so, wie ich ihn kannte.

„Wir müssen reden." Er gab mir ein Zeichen, näherzukommen, während er sich auf die Kante seines Schreibtisches setzte.

Ich stand mit verschränkten Armen da und starrte ihn an. Ich wollte mich nicht hinsetzen. „Was immer du zu sagen hast, sag es."

Ich hatte genug von seinen Mätzchen. Jaxson war warmherzig, beschützend und freundlich gewesen, als ich ihn kennengelernt hatte, aber in jeder Minute, in der ich in seiner Gegenwart war, schien es, als könnte ich nichts richtig machen. Es waren erst ein paar Tage auf der Arbeit, vielleicht musste ich uns Zeit geben, um es herauszufinden.

Er stieß einen schweren Seufzer aus und verschränkte die Arme vor der Brust, so wie ich es auch tat. „Ich denke, es wäre das Beste, wenn du mit Hazel im Resort bleibst. Ich werde bei der Reservierung darauf achten, dass ich ein Zimmer mit zwei Doppelbetten anfordere."

„Wie bitte?" Ich wich nicht zurück und forderte ihn heraus. „Du hast mich hierher gebracht und die Tür geschlossen, um mir zu sagen, dass ich aus deinem Haus verschwinden soll?"

War er nicht Manns genug, es vor seinen Kumpels zu tun?

„Nein. Das ist nicht...", stöhnte er, als sein Handy summte.

Skylars Name tauchte auf dem Display auf. „Scheiße." Er lehnte ihren Anruf ab.

Es schien, als würde er nicht nur mir aus dem Weg gehen. Hatte sein Stimmungsumschwung damit zu tun, dass Skylar zu Besuch kam? „Du solltest den Anruf annehmen, es könnte wichtig sein", sagte ich.

„Ist es nicht", sagte Jaxson.

Ich starrte ihn an und war überrascht, dass er die Gelegenheit nicht genutzt hatte, um die peinliche Situation zwischen uns zu beenden.

„Du hältst mich für einen Idioten, weil ich Skylar nicht geantwortet habe."

Daran habe ich nicht gedacht. „Nein. Du bist ein Idiot, weil du dich nicht verabschiedet, mir keine SMS geschrieben oder eine Nachricht hinterlassen hast, nachdem wir miteinander geschlafen haben. Du bist ein mürrisches Arschloch im Büro und in letzter Zeit auch zu Hause. Wenn ich gewusst hätte, wie sehr dich meine Anwesenheit irritiert, hätte ich den Job nicht angenommen."

Ich wartete nicht auf seine Antwort. Ich bin rechtzeitig aus seinem Büro gegangen, als der örtliche Sheriff durch den Haupteingang kam.

„Hallo, Hazel, ich bin Ariella", sagte ich und reichte ihr meine Hand, als ich mich vorstellte. „Ich bringe dich an einen sicheren Ort."

Hazel schaute von mir zu Mason. Er schenkte ihr ein warmes Lächeln und ein Nicken. „Ich bin in meinem Truck, direkt hinter dir. Wir müssen nur sicherstellen, dass niemand weiß, dass wir zusammen sind."

Seit dem Angriff war ich nicht mehr im Blue Sky Resort.

Ich musste noch meinen Gehaltsscheck für die Zeit abholen, in der ich dort gearbeitet hatte, aber ich wollte keinen Fuß mehr an diesen Ort setzen.

Ich fuhr auf den Parkplatz.

Das Gebäude stand vor uns.

Mason war nur ein paar Minuten hinter mir. Er hatte nicht vor, durch den Haupteingang zu kommen. Er würde durch den Hintereingang hereinkommen und dann mit dem Aufzug in unser Stockwerk fahren.

Hazel hatte nichts bei sich. Keine Taschen. Keine Kleidung. Sie trug Masons Sweatshirt und eine weite Jogginghose, deren Kapuze sie über den Kopf gezogen hatte.

Sie hielt ihr Gesicht gesenkt, die Hände in die Taschen gesteckt und versuchte, unauffällig zu wirken.

Ich konnte das tun. Es war eine einfache Aufgabe. Ich musste nur in der Hotellobby einchecken, die Schlüsselkarte holen und Hazel in das Zimmer bringen, das unser Zimmer sein würde.

Ich hatte ihr noch nicht gesagt, dass ich auf unbestimmte Zeit bei ihr wohnen würde.

„Alles in Ordnung?", fragte Hazel.

Emma stand hinter dem Anmeldeschalter. Wir waren befreundet und obwohl ich mich freute, sie zu sehen, hatte ich seit der Zeit vor meiner Entlassung nicht mehr mit ihr gesprochen. Sie hatte nichts von dem Überfall und der Entführung gewusst.

Hatte sie gewusst, warum ich gefeuert worden war, dass ich einen anderen Namen hatte oder dass ich früher bei der CIA beschäftigt gewesen war?

„Ariella", sagte Emma mit einem pflichtbewussten Lächeln im Gesicht. Es war der gleiche fröhliche Gesichtsausdruck, den sie allen Gästen des Resorts schenkte.

Hazel schaute von Emma zu mir. Ich merkte, dass sie Fragen hatte, aber zum Glück stellte sie keine.

„Ich habe eine Reservierung", sagte ich und kramte mein Portemonnaie aus der Handtasche.

„Unter welchem Namen?", fragte Emma. Das Lächeln verschwand aus ihrem sonnigen Gesicht.

Sie wusste es. „Ariella Cole." Das war mein offizieller Name und mein Mädchenname. Ich hatte ihn nach der Scheidung geändert. Früher war ich Ariella Ryan, die Frau von Benjamin Ryan. Er war wegen

Veruntreuung und Geldwäsche verurteilt worden, und die Liste ging noch weiter. Und jetzt wusste sie es.

Emma stand hinter der Rezeption, ihre Finger tippten auf der Tastatur herum und sie starrte auf den Bildschirm.

Hatte sie die Reservierung gesehen? Wollte sie sich nur Zeit lassen und mich ärgern? Ich dachte, wir wären Freunde, aber die kalte Schulter, die sie mir zeigte, war ihre Antwort.

„Haben Sie eine Kreditkarte, Ms. Cole?", fragte Emma. „Ich benötige eine, auf der der Name Ariella Cole steht."

Ich reichte ihr meine Kreditkarte. „Natürlich. Wollen Sie auch meinen Ausweis sehen?" Ich zeigte ihr meinen Führerschein und war bereit, ihn hinter der Plastikscheibe aus meiner Brieftasche zu ziehen, wenn sie ihn sehen wollte.

Sie tippte auf der Tastatur herum. „Nicht nötig." Nach einer weiteren Minute holte sie zwei Zimmerschlüssel heraus und ließ sie durch den Scanner laufen, während sie uns ein Hotelzimmer zuwies. „Ich habe zwei Doppelbetten im dritten Stock. Kann ich sonst noch etwas für Sie tun?"

Sie reichte uns die Schlüsselkarten und schrieb unsere Zimmernummer auf.

„Ich bin sicher, ihr findet den Weg zum Aufzug."

„Danke", stieß ich hervor, schnappte mir die Schlüsselkarten und stürmte mit Hazel an meiner Seite vom Anmeldeschalter weg.

„Wow. Hast du ihr den Freund gestohlen?" Hazel scherzte.

Ich drückte den Aufzugsknopf, um nach oben zu fahren. „So ähnlich." Ich hatte gar nicht daran gedacht, dass sie wegen Jaxson sauer gewesen sein könnte.

Hazel brauchte nichts über meine Vergangenheit zu wissen. Meine Aufgabe war es, mich um sie zu kümmern und sie ins Hotelzimmer zu bringen.

Mason würde jeden Moment nachkommen.

Wir traten in den Aufzug, nur wir beide. Ich drückte den Knopf für den dritten Stock und drückte wiederholt auf den Knopf „Türen schließen", als ein Herr auf den Aufzug zueilte.

Ich wollte nicht mit ihm gefangen sein, nur für den Fall, dass er hinter Hazel her war.

Die Türen knallten zu und der Aufzug fuhr in den dritten Stock hinauf. Ich atmete erleichtert auf.

Wahrscheinlich machte ich aus dem Nichts etwas. Wahrscheinlich war er nur ein Gast im Resort.

Hazel blieb ruhig und ich trat als Erste aus dem Aufzug, als sich die Türen öffneten. Mason war bereits auf dem Flur und stand vor unserem zugewiesenen Zimmer.

Sie arbeiteten blitzschnell. Declan muss ihm die Zimmernummer gegeben haben, indem er sich in das System des Resorts gehackt hat.

Ich öffnete die Tür mit dem Zimmerschlüssel und Mason ging zuerst hinein, schaltete das Licht an und überprüfte das Bad und den Schrank.

„Bist du sicher, dass es sicher ist?", fragte sie und schaute sich mit einem ängstlichen Blick im Zimmer um, während sie Mason hinein folgte.

Ich schloss die Tür hinter mir und verriegelte sie mit dem Riegel.

„Ja. Lass die Vorhänge geschlossen. Jemand wird die ganze Zeit bei dir sein." Mason saß auf einem Stuhl in der Ecke des Zimmers, mit dem Rücken zur Wand.

„Ich bleibe über Nacht", platzte ich heraus. „Jaxson hat mich ausgeladen, bei ihm zu bleiben."

Ich war nahezu obdachlos. Da mein Haus nicht versichert war und das Feuer das Grundstück zerstört hatte, hatte ich nichts.

„Wow", sagte Mason. Er fuhr sich mit der Hand durch sein kurz geschnittenes Haar. „Du weißt doch, warum er in letzter Zeit solch ein Arsch ist, oder?"

Ich habe seine Frage nicht beantwortet. Ich war mir nicht sicher. Ich nahm an, dass es mit mir zu tun hatte und dass er es bedauerte, dass Eagle Tactical mich eingestellt hatte.

„Jaxson ist sexuell frustriert. Ich sehe doch, wie er dich ansieht", sagte Mason.

„Als ob er mich umbringen will?"

„Der Mann muss mal flachgelegt werden. Er starrt dich an, als wärst du der Preis, den er auf dem Jahrmarkt gewinnen will."

Das war absurd. „Das kann es nicht sein." Ich konnte nicht glauben, dass er mich wie Dreck behandelt und aus seinem Haus wirft, weil er Sex mit mir haben will. „Oh mein Gott! Ich bin ein Idiot. Jaxson ist wahrscheinlich sauer, dass er keine andere Frau mitbringen kann, weil ich in einem Schlafzimmer wohne und seine Schwester in einem anderen."

„Ich bin mir ziemlich sicher, dass er keine andere will",
sagte Mason und erklärte es mir.

War das wahr? „Ich weiß es nicht, Mason. Du hast ihn
heute Morgen im Büro nicht gesehen und auch nicht,
als wir bei ihm zu Hause waren. Er kann mich kaum
ansehen."

„Ich hätte das gleiche Problem, wenn ich mit der Frau,
die ich liebe und nicht haben kann, unter einem Dach
leben würde", sagte Mason.

Sein Blick wanderte von mir weg und blieb auf Hazel
haften.

Ich konnte die sexuelle Spannung, die sich zwischen
den beiden aufbaute, mit einem einzigen Blick spüren.
Ich räusperte mich und ging rückwärts zur Tür.

„Ich muss zum Laden gehen und ein paar Sachen für
Hazel besorgen. Sie benötigt Kleidung,
Toilettenartikel, sonst noch was?", fragte ich.

„Hole Haarfärbemittel und eine Schere", sagte Mason.
„Wir können nicht riskieren, dass sie von Franco oder
seinen Kumpels entdeckt wird. Ariella, du kannst
gerne im Zustellbett schlafen. Einer von uns wird hier
auf Hazel aufpassen und sie beschützen, aber du musst
nicht zurück zu Jaxson gehen, wenn du dich nicht
wohl fühlst."

„Danke."

Ich war mir nicht sicher, was ich tun sollte, aber die Möglichkeit, im Hotel zu bleiben, beruhigte mich mehr, als ich dachte. Ich musste meine Klamotten holen und die wenigen Sachen, die ich nach dem Zusammenzug mit Jaxson gekauft hatte.

„Brauchst du sonst noch etwas?", fragte ich Hazel.

„Schokolade und vielleicht eine Schachtel Kondome." Sie grinste und warf einen Blick auf Mason.

Mason stöhnte auf. „Frau, du wirst mir den Job schwer machen. Ich sehe es schon."

„Du hast noch gar nichts gesehen." Hazel zwinkerte Mason zu.

Für mich war es das Zeichen, zu gehen.

KAPITEL ZEHN

Hazel

„Sie scheint nett zu sein", sagte ich, als sich die Zimmertür schloss.

Mason sicherte das Schloss, bevor er sich wieder auf den Stuhl setzte.

„Ariella? Ja, wir arbeiten noch nicht lange zusammen", sagte Mason. Er ging nicht näher darauf ein.

Okay, vielleicht war es nicht der beste Gesprächsbeginn, über Ariella zu reden.

Ich schaltete den Fernseher aus. Es war Jahre her, dass wir uns gesehen hatten. Ich wollte nicht fernsehen oder so tun, als ob das, was wir taten, normal wäre.

Ich wollte mit Mason ins Gespräch kommen, jede Schwäche entdecken und sehen, wie sehr er sich seit der Highschool verändert hatte, als wir praktisch noch Kinder und unzertrennlich waren.

„Ich habe dich vermisst", sagte ich und stand vom Bett auf. Ich zog mir die Schuhe aus und schlenderte durch den Raum auf Mason zu.

„Schwer zu sagen, da du nie angerufen hast." Seine Stimme war schroff, sein Gesichtsausdruck hart. Es gab so viel, was er nicht wusste, und ich wusste nicht, wie ich es ihm sagen sollte.

„Das hast du auch nicht", sagte ich.

Wir waren beide schuld daran, dass wir in unserem Leben getrennte Wege gegangen sind.

Er war zur Armee gegangen, und ich sollte in Kalifornien aufs College gehen. Ich hatte ihm versprochen, zu schreiben, und er hatte allen Grund, wütend zu sein. Ich hatte dieses Versprechen gebrochen.

„Ich würde dich ja fragen, wie es dir ergangen ist, aber wie ich sehe, ist das keine Geschichte mit einem Happy End", sagte Mason.

„Das könnte sein", sagte ich. Ich überragte ihn und spreizte seine Beine, bevor ich mich auf seinen Schoß setzte.

Ich wollte in der Zeit zurückspringen und mich von ihm mitnehmen lassen, weit weg von Chicago. Es war zu spät, um die Vergangenheit zu ändern, aber ich wollte die Zeit der Trennung vergessen.

„Sag mir, dass du keine Freundin hast oder verheiratet bist." Ich griff nach seiner linken Hand und führte seine Finger an mein Gesicht.

Meine Lippen umklammerten seinen leeren Ringfinger, dankbar, dass er Single zu sein schien.

„Hazel", warnte er mich, damit aufzuhören.

Ich hörte nicht zu. Ich höre nie zu.

Ich ließ meine Hüften kreisen und neckte ihn, indem ich ihm praktisch einen Lapdance vorführte. Mit meinen Fingern in seinen Haaren beugte ich mich vor und drückte meine Brüste gegen seine Brust.

Ich wollte ihn mehr als jeden anderen in meinem Leben. Ich hatte ihn geliebt, seit wir vierzehn waren. Er war derjenige, der mir entkommen war.

„Versprich mir, dass du mich beschützen wirst."

Ich brauchte ihn wie die Luft zum Atmen. Er wusste nicht, was ich getan hatte, um zu überleben.

Er lehnte seine Stirn an meine. Seine warme, starke Handfläche ruhte auf meinem unteren Rücken. „Du hast mein Wort. Ich werde nicht zulassen, dass dir etwas zustößt", sagte Mason.

Ich verhedderte meine Finger in seinem Haar.

Er schloss die Augen.

Mein Atem strich über seine Lippen. Ich wollte ihn küssen. Ich musste mich lebendig fühlen, weil ich mich nach dieser Verbindung mit ihm sehnte.

Er war meine Chance auf Freiheit von Franco, die Aussicht darauf ein normales Leben zuführen. Nicht auf eines, in dem ich gezwungen war, einen Mann zu heiraten, den ich nicht kannte, und auf einen anderen Kontinent verfrachtet wurde.

„Ich will dich, Mason." Meine Lippen pressten sich auf seine und ich wartete nicht darauf, dass er mich aufhielt oder mir sagte, dass dies eine schreckliche Idee sei.

Es war mir egal, dass wir kaum miteinander geredet und uns erst wiedergetroffen hatten. Gerade jetzt, in diesem Moment, musste ich mich sicher fühlen.

Mason war mein Sicherheitsnetz. Er würde mich auffangen, wenn ich falle.

Sein Mund öffnete sich, um den Kuss zu erwidern, und seine Hand zog mich fester an seinen Körper. Warme, starke Hände schoben sich unter mein dickes Sweatshirt. Seine sanfte Berührung streifte meine nackte Haut.

Ich erschauderte, als er meinen Rücken streichelte, das Bedürfnis überwog alles andere.

„Bist du sicher, dass du das willst?", fragte Mason zwischen fiebrigen Küssen.

„Ja", sagte ich und starrte ihm tief in die Augen.

Er hob mich in seine Arme, trug mich zum Bett und legte mich dort ab. Er krabbelte auf die Matratze, spreizte mich und schwebte über meinem Körper. In aller Eile zerrte ich an seinem Hemd und zog es ihm über den Kopf.

Mason beugte sich herunter und flüsterte mir ins Ohr. „Ist dir klar, dass ich gefeuert werden könnte, wenn ich das mit einem Kunden mache?"

Ich starrte ihn an, schlang meine Beine um ihn und zog ihn nach unten. Ich wollte spüren, wie sein Gewicht mich erdrückt, mich beschützt und mich ganz macht - das Bedürfnis überwog alles andere. Ich hatte keine gute Antwort, außer dass ich ihn wollte.

War das genug? Meine Finger tasteten nach dem Knopf seiner Jeans und meine Hände zitterten, als ich mich abmühte, das Metall zu öffnen.

„Hazel?" Seine Finger hielten meine in seinen Händen. Er setzte sich auf meine Hüften, spreizte mich und stemmte meine Arme in die Seiten.

„Ich brauche dich einfach, Mason." Ich klang verzweifelt. Wahrscheinlich würde er einen seiner Kumpels rufen, der das übernimmt und mich nie wieder sehen will.

„Vielleicht sollten wir es langsamer angehen." Er zog sich zurück und kletterte von meinem Körper herunter.

Ich wimmerte, bevor ich merkte, wie mir das Geräusch aus der Kehle entwich. Er hatte das mit mir gemacht, mich Dinge fühlen lassen, die ich für unmöglich hielt.

Ich wollte nicht langsamer werden oder aufhören. Schwer atmend und nach Luft schnappend, lag ich da und starrte an die Decke.

Mason kletterte von der Matratze und knöpfte seine Jeans zu, die ich zwar auf-, aber nicht zugemacht hatte.

Er schnappte sich sein Hemd vom Bett und zog sein Oberteil wieder an.

Mason räusperte sich. „Ariella wird bald zurück sein, und wir dürfen uns nicht in einer kompromittierenden Position erwischen lassen.

War das seine Sorge, dass wir von seiner Kollegin erwischt werden könnten?

Ich setzte mich auf und eilte ins Bad, wo ich die Tür mit dem Absatz zuschlug. Ich rutschte an der Tür entlang, mit dem Rücken gegen das kalte Holz, während ich mich auf den Boden setzte und die Knie an die Brust zog.

Bedauern erfüllte mein Herz. Es war dumm von mir, zu glauben, wir könnten da weitermachen, wo wir aufgehört hatten.

Die Zeit schien zu verrinnen wie Sand in einer Sanduhr, ein Korn nach dem anderen.

Ohne mein Handy in der Hand oder eine Uhr in der Nähe, wusste ich nicht, wie lange ich auf dem Boden saß.

Ein festes Klopfen ertönte an der Holztür. „Ist alles in Ordnung da drinnen?", fragte Mason.

„Bestens." Das würde es sein, wenn das alles vorbei war und Franco mich in Ruhe ließ. Ich wusste nicht, wie das möglich sein sollte, es sei denn, man würde mich ins Zeugenschutzprogramm aufnehmen oder mir eine neue Identität geben - wie es in Filmen für unschuldige Opfer gemacht wird.

Ich war nicht unschuldig.

Meine Hände waren blutverschmiert, genau wie die von Nikolai.

KAPITEL ELF

MASON

Ich hatte in meinem Leben noch nie jemanden getroffen, der so verwirrend war wie sie.

Hazel hatte mein Herz und meine Jungfräulichkeit in der Highschool gestohlen. Wir waren einander die Ersten gewesen und hatten uns geschworen, uns für immer zu lieben.

Es war ein Hirngespinst, ein leeres Versprechen, das keiner von uns nach dem Highschool-Abschluss einhielt.

Ich war zum Militär gegangen. Hazel war an einem anderen Ort quer durchs Land im Westen auf ein College gegangen.

Wann oder warum sie nach Chicago zurückkehrte, wusste ich nicht genau. Tatsächlich wusste ich nicht einmal mit absoluter Sicherheit, ob sie Chicago verlassen hatte, so wie sie es beabsichtigt hatte.

Es wäre eine Lüge zu behaupten, dass ich nie an sie gedacht habe. Ich ertappte mich dabei, wie ich ständig andere Frauen mit ihr verglich. Sie war diejenige, die entkam - die Frau, die ich liebte und entkommen ließ.

Ich war ihr nicht nachgelaufen. Vielleicht hätte ich es machen sollen.

Ich nahm an, dass wir uns mit der Zeit aus den Augen verlieren . Wir waren zwei andere Menschen, als wir uns früher im Internat kannten.

Sie hatte diesen raubtierhaften Blick in den Augen, als Ariella uns beide allein ließ.

Zuerst hatte ich mir nichts dabei gedacht. Ich nahm an, dass sie fernsehen würde und dass ich dafür sorge, dass Franco nicht herausfindet, wo sie wohnt.

Ich wollte gar nicht mehr aufhören, als sich ihr kleiner, kecker Körper eng an meine Hüften schmiegte.

Ich hätte Stunden damit verbringen können, mir jede Kurve einzuprägen und jeden Zentimeter ihrer Haut zu schmecken. Ich wollte sie noch einmal entdecken und sehen, ob sie so war, wie ich sie in Erinnerung hatte.

Wir durften nicht zulassen, dass die Begierde sich einmischt und ihr Leben gefährdet. Ich musste wachsam sein und ein Auge auf den Raum und alles Verdächtige in der Nähe haben. Es war schwer, das zu tun, während meine Lippen mit ihren verschlossen waren.

Ihre weichen Lippen kribbelten noch immer in meinem ganzen Körper.

Ich brauchte eine kalte Dusche, aber das kam nicht infrage.

Stattdessen hat sie mir die kalte Schulter gezeigt. Sie hatte sich fast eine Stunde lang im Bad eingeschlossen.

Ariella würde jeden Moment aus dem Laden zurückkommen.

Hat Hazel auf Ariellas Rückkehr gewartet, damit sie nach dem Vorfall nicht mit mir allein sein und sich mir stellen musste?

Ich trat an die Badezimmertür heran, meine Hand auf dem Holz ruhend. Ich klopfte leise. „Ist alles in Ordnung da drinnen?", fragte ich.

Ich erwartete nicht, dass sie ein Problem mit Franco hatte oder mich für etwas brauchte, das sie im Bad nicht selbst erledigen konnte. Ich wollte nur ein einfaches Gespräch beginnen und sie dazu bringen, aus ihrem Versteck herauszukommen.

„Gut."

Jede Frau, die mir jemals gesagt hat, dass es ihr „gut" geht, war nie in Ordnung. Ich hatte immer wieder gelernt, dass „gut" ein Codewort für „lass mich verdammt noch mal in Ruhe" oder „es ist alles deine Schuld" war.

Ich war mir nicht sicher, inwiefern das meine Schuld war, außer dass ich uns davon abgehalten hatte, weiterzugehen. Wir waren zwar zwei Erwachsene, die sich einig waren, aber ich fand es auch nicht klug, dass Ariella uns heiß und verschwitzt zwischen den Laken erwischte.

Ich war nicht der Typ, der küsst und erzählt, geschweige denn, dass das neue Mädchen im Büro Zeuge unserer Begierde wird.

Ich hob meine Hand, um erneut zu klopfen, aber das schien kontraproduktiv. Wenn sie aus dem Bad kommen wollte, konnte sie mir Gesellschaft leisten.

Ich ließ meine Hand fallen und kramte mein Handy hervor, warf einen kurzen Blick auf die Nachrichten, bevor ich es auf den Tisch legte. Es war nichts Aktuelles oder Wichtiges.

Ich ließ mich auf den Stuhl zurückfallen und konzentrierte mich auf die Tür, während ich auf Ariellas Rückkehr wartete.

Hazel würde zweifellos aus dem Bad kommen, wenn Ariella zurückkam. Oder?

―――――――

Zwanzig Minuten später kam Ariella mit mehreren Einkaufstüten Kleidung und Toilettenartikeln für Hazel.

Hazel schaute mich nicht an, während die beiden Frauen auf dem Bett hockten und den Inhalt der Tüten begutachten.

Ich saß in der Ecke des Zimmers und beobachtete die beiden. Es war fast so, als würde ich gar nicht existieren.

Ariella blickte zu mir auf und lächelte mich an, bevor sie sich wieder Hazel zuwandte.

Wenigstens war ich nicht ganz unsichtbar.

„Möchtest du, dass ich dir die Haare schneide und sie dann färbe?", fragte Ariella.

Hazel sah verzweifelt aus, ihre Augen weit aufgerissen und ihre Haut grässlich. „Ich wusste, dass ich das tun muss. Ich bin nur noch nicht so weit."

„Ich verspreche dir, dass deine Haare gut aussehen werden und dich niemand erkennen wird. Wir können ein paar Zentimeter abschneiden, und mit einem Wasserstoffblond wird niemand auf die Idee kommen, dass du es bist", sagte Ariella.

„Das hoffe ich."

„Komm mit mir." Ariella brachte die Schere ins Badezimmer.

Hazel verharrte einen Moment, ihr Blick war auf den Boden gerichtet. Sie schaute mich nicht einmal an.

Wenn das alles vorbei war und Hazel in Sicherheit, mussten wir beide ein langes Gespräch führen.

„Kommst du mit?", fragte Ariella.

Hazel schlängelte sich zum Badezimmer und schloss dann abrupt die Tür. Ich hörte Geplapper und dann schaltete sich der Ventilator im Bad ein, wahrscheinlich um jede Diskussion über mich zu übertönen.

Hatte Ariella den Stimmungsumschwung bei Hazel bemerkt? Ich versuchte, nicht den Eindruck zu erwecken, dass sich die Dinge in der letzten Stunde geändert hatten, während sie weg gewesen war.

Der Feueralarm ertönte mit einem ohrenbetäubenden Quietschen—weißes Licht blitzte im Hotelzimmer auf. Ich zog meine Waffe und war auf das vorbereitet, was als Nächstes passierte.

Ich schlich mich zum Badezimmer und zum Ausgang des Zimmers und klopfte fest an die Badezimmertür.

„Wir hören es", sagte Ariella. Sie riss die Badezimmertür auf. Es sah nicht so aus, als hätte sie damit begonnen, Hazels Haare zu schneiden. Zumindest konnte ich keinen erkennbaren Unterschied feststellen.

„Zieh deine Kapuze wieder hoch", befahl ich. Mit gezogener Waffe griff ich nach dem Türgriff und trat vorsichtig auf den Flur hinaus.

Rauch erfüllte den Korridor.

„Bleib dicht bei mir." Ich ging voran, Ariella war am Ende und Hazel zwischen uns.

Meine Augen brannten vom Rauch und ich hielt den Atem an.

Von hinten hörte ich Hustenanfälle. Ich konnte mich nicht umdrehen, um zu sehen, ob es Hazel oder Ariella war, die nach Luft rang.

„Weitergehen. Wir sind fast am Ausgang." Ich hatte den Ausgang von unserem Hotelzimmer studiert. Wir mussten drei Türen passieren, bevor wir die Tür zum Treppenhaus erreichten.

Durch den blendenden Rauch brannten und tränen meine Augen.

Ich tastete nach der Tür, schwang sie auf und war erleichtert, dass das Treppenhaus rauchfrei war.

„Kommt schon!", rief ich nach Ariella und Hazel. Sie waren direkt hinter meinen Füßen und eilten mit mir die Treppe hinunter.

Die Flutlichter an der Treppe verbreiteten einen schwachen Halogenschein. Die Glühbirnen flackerten und spendeten genug Licht, um den Weg zu erhellen.

Ich sicherte meine Waffe, um keinen der Gäste zu erschrecken, die aus jedem Stockwerk strömten. Das Treppenhaus wurde immer voller, während ich Hazel hinter Ariella hielt und mich an ihren Rücken drückte.

Ich trampelte mit meinen Stiefeln über die Stufen, und als ich im ersten Stock ankam und dem Strom der

Gäste aus dem Treppenhaus folgte, übernahmen meine Instinkte die Kontrolle.

Männer mit schwarzen Skimasken und halb automatischen Gewehren hielten Geiseln in der Lobby fest.

„Stell den verdammten Alarm ab!", schrie der Mann, der mir am nächsten war. Er fuchtelte ziellos mit dem Lauf herum und bedrohte alle außer seine Kumpels, die das Hotel übernommen hatten.

„Runter!", rief uns ein anderer Maskierter zu und richtete seine Waffe auf die Gäste, die die Treppe hinunterkamen. „Auf den Boden, sofort!"

Ich gab Hazel und Ariella ein Zeichen, runterzugehen.

„Keine geheimen Signale." Der maskierte Mann schlug mir den Lauf der Waffe gegen den Kopf und warf mich auf den Hintern.

Blut tropfte über meine Stirn. Die Wunde brannte, aber nicht schlimmer als mein Stolz.

Er drehte sich um und durchsuchte mich nach einer Waffe, seine Halbautomatik auf meinen Kopf gerichtet. Er schob meine Waffe in seine dunkle Hose.

„Eagle Tactical, hm? Du kommst mit uns."

KAPITEL ZWÖLF

ARIELLA

Der Rauch war ein Ablenkungsmanöver im dritten Stock, um alle aus ihren Zimmern zu vertreiben und nach unten zu bringen.

Wer waren die bewaffneten Männer und warum hatten sie Mason angegriffen und ihn mitgenommen?

„Ich komme schon klar", sagte er und schaute über seine Schulter zu uns.

Karmesin tropfte auf den Linoleumboden und befleckte den Flur.

Mason wurde aus der Lobby geschleppt.

Ich konnte nicht sehen, wohin sie ihn brachten. Er hatte die Hände in die Luft gestreckt, ein Zeichen der Kapitulation. Seine Waffe war beschlagnahmt worden.

Hatte er eine Ersatzwaffe?

Hazels Augen funkelten.

Wir lagen auf dem Boden im Treppenhaus, die Hände auf dem Kopf. Mit dem Kopf drehte ich mich zu Hazel und versuchte ihr zu vermitteln, dass alles in Ordnung sei.

Die maskierten Männer, acht an der Zahl, die ich gezählt hatte, als wir zum ersten Mal auf den Boden gedrückt wurden, durchsuchten uns alle, während wir auf dem Boden lagen, und stahlen Handys, Schlüssel und alles, was als Waffe oder zum Hilfe rufen verwendet werden konnte.

Der Feueralarm wurde abgeschaltet.

Jemand hatte den Feueralarm ausgelöst.

Die Feuerwehr musste auf den Anruf reagieren und würde die Polizei benachrichtigen, wenn sie sah, womit sie es zu tun hatte.

Dicke Metallketten versperrten die Türen von innen. Wir konnten nicht gehen, ohne dass uns jemand aus dem Gebäude begleitete.

Mein Atem ging stoßweise und eine Welle der Übelkeit durchfuhr meinen Körper. Ich musste meine Gefühle in den Griff bekommen und die Angst, die durch meine Adern floss, besiegen.

Ich schloss meine Augen und zählte bis zehn. Ich übte meine Biofeedback-Atemübungen, um meinen Herzschlag zu beruhigen, was auch meine Nerven beruhigen würde. Ich stellte mir ein schwarzes nichts mit einer einzigen Welle vor. Mit jedem Atemzug folgte ich der Welle und atmete langsam ein, hielt sie an und atmete dann mit der gleichen Geschwindigkeit wieder aus.

Das Zittern meiner Hand war minimal, aber die Übung verhinderte, dass mein ganzer Körper zitterte.

„Alle an die Wand!", forderte der maskierte Mann uns auf. „Langsam! Keine plötzlichen Bewegungen oder wir werden euch erschießen."

Er richtete das Gewehr auf die Decke und feuerte einen Schuss ab, der uns Angst einflößte und uns daran erinnerte, dass sie das Sagen hatten und wir den Anweisungen folgen sollten.

Hazel und ich setzten uns auf und drückten uns an die Wand.

Wo hatten sie Mason hingebracht?

Offensichtlich hatten sie ihn gekannt. Das bedeutete, dass es jemand aus der Gegend sein musste?

Wussten sie, dass Mason im Hotel übernachten wollte? Er hatte nicht im Resort eingecheckt, also musste jemand ihn oder sein Fahrzeug draußen gesehen haben.

Es sei denn, es hatte nichts mit Mason zu tun und sie wollten ihn nur aus dem Weg räumen.

Es war kein Geheimnis, dass er ein ehemaliger Soldat der Spezialeinheiten war und sein Leben aufs Spiel setzen würde, um alle anderen zu schützen.

Welche Chance hatten wir ohne ihn, hier lebend herauszukommen?

Von den acht maskierten Männern, die mir vorhin aufgefallen waren, sind nur noch sechs übrig. Wo sind die anderen beiden geblieben? Einer hatte Mason aus dem Raum gebracht. Hatte ich mich verzählt?

Hazel griff nach meiner Hand. Ich drückte sie, um ihr zu versichern, dass es uns gut gehen würde. Ihr Griff wurde fester. Ich sah sie an, wie sie vor Angst erstarrt war und ihren Blick durch den Raum auf zwei Männer in Anzügen richtete, die mit uns als Geiseln auf dem Boden lagen.

„Die", flüsterte sie so, dass nur ich sie hören konnte.

„Du kennst sie?", fragte ich.

„Das ist Franco", flüsterte Hazel. Sie ließ den Kopf hängen und ließ den Kapuzenpulli über ihre Augen fallen.

Hatten die Männer sie erkannt? Ich wollte nicht, dass es offensichtlich war, dass ich sie entdeckt hatte.

Beiläufig schaute ich mich im Raum um, notierte mir die Anzahl der Geiseln, wie viele davon Kinder waren und ob jemand verletzt war, und ließ meinen Blick dann über die Männer schweifen, die Hazel suchten.

Sie unterhielten sich untereinander, mit dem Rücken an die Wand gelehnt. Sie sahen aus wie zwei riesige Schläger, dunkles Haar, viele Muskeln und dunkle Anzüge.

Sie waren zu weit weg, als dass ich hätte hören können, was die beiden Männer zueinander sagten. Vielleicht war das auch gut so, wenn sie Hazel, die sich neben mich schmiegte, nicht bemerkt hatten.

Ich war ihre letzte Chance auf Schutz.

Ich hatte keine Waffe und es gab maskierte Männer mit Waffen, die jeden unserer Schritte beobachteten.

Wie sollten wir hier lebend rauskommen?

KAPITEL DREIZEHN

MASON

Dunkelheit umgab meine Sicht.

Der Mann, der mich aus dem Hotel in einen dunklen Lieferwagen gezerrt hatte, stülpte mir eine Kapuze über den Kopf und fesselte meine Arme mit Kabelbindern hinter meinem Rücken.

Er sagte nichts.

Hatte er Angst, dass ich seine Stimme wiedererkennen würde, wenn er noch einmal sprach?

Er wusste, für wen ich arbeitete, also kannte er mich.

Die Tür knallte zu. Ich lauschte und wartete darauf, dass eine andere Tür zuschlug. Das geschah nicht. Der Motor brummte auch nicht vor sich hin.

Ein Klicken von der anderen Seite des Parkplatzes. War es eine Tür, die zuging? War der Täter zurück ins Gebäude gegangen?

Ich war allein in dem weißen, nicht gekennzeichneten Van, der in der Nähe des Seitenausgangs des Resorts geparkt worden war. Ich musste die Fesseln von meinen Handgelenken lösen, dann würde ich mich um die Bastarde kümmern, die das Blue Sky Resort übernommen hatten.

Waren sie auf Geld aus, oder auf was? Das Hotel verfügte wahrscheinlich nicht über viel Bargeld, denn um ein Hotelzimmer zu buchen, musste man immer eine Kreditkarte benutzen, aber es war möglich, dass im Ski- und Snowboardverleih mit Bargeld gezahlt wurde.

Ich hatte acht maskierte Männer gesehen, alle in dunkler Kleidung und schwarzen Hosen, mit passenden schwarzen Schuhen.

Sie wollten nicht, dass man sie erkennt, aber sie kannten mich, und das bedeutete, dass ich sie kannte. Wer auch immer sie waren, sie waren Amateure.

Ich beugte mich vor und nutzte meinen Körper, um so viel Platz wie möglich zu schaffen. Ich hatte dafür trainiert, obwohl ich die Bewegung auch im Hotel hätte ausführen können, waren sie in der Überzahl und ich unterlegen. Ich ließ die Arme sinken und riss die Kabelbinder auf.

Ich riss mir die Kapuze vom Kopf und warf sie auf den Boden, bevor ich die Tür des Van öffnete und ausstieg. Das war zu einfach.

Sirenen heulten in der Ferne und kamen immer näher.

Ein Feuerwehrauto und ein Polizeiauto fuhren auf den Parkplatz.

Ein Krankenwagen kam in der Ferne hinterher.

Der Sheriff hielt vor dem Gebäude an und stieg aus, die Lichter blieben an, aber die Sirene blieb stumm. „Ich hätte nicht erwartet, dich zweimal an einem Tag zu sehen, Reid. Kannst du mir sagen, was hier los ist? Der Feueralarm wurde ausgelöst, aber es ist niemand draußen."

Selbst er erkannte die große rote Flagge. „Geiselnahme, acht Straftäter mit halb automatischen Waffen. Sie haben sich mit Geiseln in der Lobby verschanzt."

Ich griff in die Tasche nach meinem Handy und musste feststellen, dass es nicht da war. Ich hatte es oben auf dem Tisch liegen lassen.

So ein Mist.

Ich musste das Team kontaktieren.

„Haben sie dir gesagt, was sie wollen? Irgendwelche Forderungen?" fragte Sheriff Nelson.

„Nichts. Sie wussten, dass ich zu Eagle Tactical gehöre. Einer von ihnen hat mich mit seiner Waffe niedergeschlagen, meine Waffe gestohlen und mich nach draußen gezerrt. Er warf mich auf den Rücksitz des Vans. Zu meinem Glück hatte er nur Kabelbinder und keine Handschellen dabei." Aus Handschellen konnte man sich viel schwerer befreien.

„Einheimische. Hast du eine ihrer Stimmen erkannt?" fragte Sheriff Nelson.

„Nein." Ich wünschte, ich hätte dir mehr helfen können.

„Habt ihr Jungs im Haus?"

„Zwei, aber sie sind nicht meine Brüder. Das neue Mädchen, das wir eingestellt haben, und ein Kunde. Keiner von beiden hat eine Spezialausbildung, wie meine Kumpels."

Ich wollte klarstellen, dass sie nicht in der Lage waren, das zu verhindern, was drinnen passierte.

Sheriff Nelson forderte Verstärkung an und bat dann Eagle Tactical um ihr Fachwissen.

Dafür wurden wir ausgebildet, obwohl wir nicht immer die waren, die in die Gefahr stürmten, standen wir mit unserer langjährigen Erfahrung immer für Beratungen vor Ort zur Verfügung.

Emma trat aus der Seitentür, eine Schachtel Zigaretten in der Hand.

„Bleib stehen! Hände hoch!" brüllte Sheriff Nelson in den Lautsprecher seines Streifenwagens.

Sie ließ ihr Feuerzeug und ihre Zigarettenschachtel auf den Boden fallen. Mit weit aufgerissenen Augen hob sie die Hände, ging langsam einen Schritt zurück, griff nach der Tür und rannte zurück ins Gebäude.

Die Tür knallte hinter ihr zu.

„Ruf Declan an", sagte ich. „Sag ihm, er soll alles über Emma Foster herausfinden, was er kann."

„Warte, du kennst sie?", fragte Sheriff Nelson. „Ist sie deine Kundin? Diejenige, die mit dem neuen Mädchen drinnen ist?"

„Nein. Emma ist vor Kurzem nach Breckenridge gezogen. Wir haben ihren Hintergrund überprüft, als sie von der Ferienanlage eingestellt wurde. Sie war sauber."

Warum ist sie zurück nach Breckenridge gekommen? Es war klar, dass sie den Männern half, die das Gebäude übernommen hatten. Die Tatsache, dass sie mit den Außenseitern abhing und bei ihnen wohnte - was zum Teufel wollten sie von ihr?

Sheriff Nelson warf mir sein Handy zu. Ich rief Declan im Büro an und gab die Informationen über Emma an ihn weiter. Als ich den Hörer auflegte, fuhren Jaxson und Aiden auf den Parkplatz.

„Sieht so aus, als ob der Rest deines Teams hier ist", sagte der Sheriff.

Aiden kletterte aus dem Truck und schaute mich an. „Wie geht es deinem Kopf? Musst du dich von Sanitätern untersuchen lassen?"

„Meinem Kopf geht es gut." Seit wann hatte er Jaxsons Rolle als Elternteil des Teams übernommen? Das hatte ich von Jaxson erwartet, vor allem, weil er Vater war. „Mein Ego ist nur ein wenig angeschlagen."

Dass ich vor der ganzen Stadt bloßgestellt wurde, war für unser Image bei Eagle Tactical nicht gerade förderlich. Ich hätte härter kämpfen und den Kerl mit der Waffe auf den Arsch hauen sollen.

„Ich bin sicher, du erholst dich wieder. Sind Hazel und Ariella drinnen?"

„Leider. Wo ist Jaxson?", fragte ich.

„Er wird gleich rauskommen. Er telefoniert gerade mit dem Bruder unseres Kunden. Er bittet um Informationen, da er Franco nicht erreichen kann."

Mir schwirrte der Kopf. „Was? Versucht er jetzt auch noch, uns anzuheuern?" Wie stehen die Chancen? Es war ja nicht so, dass wir uns in Chicago befanden und sie beide nach einer privaten Sicherheitsfirma gesucht hatten.

„Nein. Franco hatte Nikolai unsere Kontaktdaten gegeben, falls er sich nicht bei ihm meldet", sagte Aiden. „Kann es sein, dass diese Typen, die von heute Morgen aus dem Restaurant sind?"

„Die beiden verstorbenen Männer waren Alexander Petrov und Miko Romanoff", sagte ich.

Jaxson knallte die Tür des Trucks zu, als er wütend auf uns zu stapfte.

War seine miese Laune eine Folge des Anrufs oder der Tatsache, dass er in den vergangenen Tagen an der Seite von Ariella sexuell frustriert gewesen war? Viel mehr konnte ich mit seinem Verhalten nicht anfangen. Ich warf einen Blick auf Declan. Er hat es auch gesehen, oder?

Declan nickte schwach, rieb sich den Kiefer und blickte auf das Resort. „Wie viele bewaffnete Männer hast du gesehen?", fragte Declan.

„Es waren acht in der Lobby, bewaffnet mit halb automatischen Waffen und mit Skimasken. Ich habe keine Schutzwesten gesehen, was eine gute Nachricht für uns ist", sagte ich.

Ein anderer Beamter brachte eine Karte der Anlage und breitete sie auf der Motorhaube des Streifenwagens aus.

Ich deutete auf den Ausgang, durch den Emma leicht hinein - und herausgekommen war. „Das scheint der einzige Eingang zu sein, der nicht verschlossen ist." Ich hatte die Metallketten an den Türen bemerkt, bevor ich mit der Pistole geschlagen wurde. Ich hatte versucht, so viele Details wie möglich aufzunehmen. Ich war der einzige Augenzeuge, den das Team im Moment hatte.

„Das SWAT-Team ist auf dem Weg. Ich möchte, dass Eagle Tactical uns unterstützt", sagte der Sheriff, „aber wir sind für den Einsatz verantwortlich."

„Natürlich", sagte ich. „Wir würden es nicht anders wollen." Wir wussten, wie das Verfahren bei solchen Fällen abläuft. Oft gab es bürokratische Hürden, und sie konnten uns nicht einfach die Führung überlassen.

„Wo sind Ariella und Hazel?", fragte Jaxson.

Ich schluckte den Kloß in meinem Hals hinunter. Hatten sie die Nachricht des Sheriffs nicht erhalten?

„Sie sind in der Ferienanlage." Ich begegnete seinem eisigen Blick, aber ich war nicht bereit, mich zu verstecken.

Sein Blick wurde härter. „Das ist mir klar. Wo in dem Gebäude waren sie zuletzt?"

Ich zeigte auf der Karte, wo wir gewesen waren. Wahrscheinlich waren sie inzwischen woanders hingebracht worden. „Hier."

„Wie viele Geiseln waren drinnen?", fragte der Sheriff.

Ich war nicht in der Lage, die Gesamtzahl schnell genug zu zählen. Ich konnte eine grobe Schätzung abgeben. „Fünfzig Geiseln, vielleicht fünfundsechzig." Es waren nicht allzu viele, die über die Treppe hereingekommen waren, während mir der Gewehrlauf den Kopf zertrümmert hatte.

„Wir fangen mit den Verhandlungen an und schauen, was sie wollen", sagte Jaxson.

„Es gibt etwas, das du wissen solltest, Jaxson." Er blickte von der Karte des Gebäudes wieder zu mir hoch. „Wir glauben, dass Emma in die Geiselnahme verwickelt sein könnte. Sie kam nach draußen, um eine Zigarette zu rauchen.“

„Das verstehe ich nicht. Warum raucht sie nicht einfach im Gebäude, wenn sie darin verwickelt ist?“ Jaxson runzelte die Stirn, sein Kiefer war angespannt.

Ich hatte keine Antwort oder eine Erklärung für ihn, zumindest noch nicht. Vielleicht habe ich mich geirrt. Vielleicht hatte sie den Feueralarm gehört, war im Badezimmer eingeschlossen worden und dann nach draußen gegangen, um eine Zigarette zu rauchen. Aber warum sonst wäre sie beim ersten Anzeichen der Behörden zurück ins Gebäude geflüchtet?

Sie musste etwas zu verbergen haben.

Declan verschränkte die Arme vor der Brust. „Ist sie nach draußen gegangen, um zu sehen, ob jemand kommt, um einzugreifen? Ich kenne Emma nicht, aber das klingt nicht nach dem, was ich über sie weiß.“

Ich schnaubte leise vor mich hin. „Sie war erst letzte Woche bei den Außenseitern.“

„Das heißt nicht, dass sie sich eines Verbrechens schuldig gemacht hat“, sagte Declan, „sie hat nur einen schlechten Geschmack, was Freunde angeht.“

„Doch, wenn sie eine Waffe auf Jaxson gerichtet hat.“ Ich hatte Jaxsons Geheimnis vor Ariella geheim gehalten, aber ich hatte nicht einmal daran gedacht, es vor dem Team zu erwähnen. Hätte ich schon früher etwas sagen sollen? Ich fuhr mir mit einer Hand durch die Haare. Jetzt war es zu spät, diese Entscheidung zu überdenken. Ich durfte keinen weiteren Fehler machen, nicht, wenn so viele Leben in Gefahr waren.

„Ariella weiß nicht, dass Emma mit den Außenseitern zu tun hat", sagte Jaxson. „Das heißt, sie könnten sie benutzen, um an uns heranzukommen."

Würden sie so weit gehen? „Hat sie dich angerufen oder versucht, mit dir zu kommunizieren?", fragte ich Jaxson. Die beiden standen sich sehr nahe und auch wenn es im Moment eine Art Streit gab, wäre sie doch zu ihm gegangen, wenn sie in Schwierigkeiten gewesen wäre, oder?

„Nein. Ich habe ihr eine SMS geschrieben, aber sie hat nicht geantwortet. Declan hat ihr Telefon angefunkt und gesagt, dass es ausgeschaltet ist", sagte Jaxson.

„Wahrscheinlich haben sie allen die Handys abgenommen", sagte ich. „Geiselübernahme 101".

„Vielen Dank dafür." Jaxson schüttelte den Kopf und stürmte auf den Truck zu.

„Wo willst du hin?" Ich folgte ihm, als er den Kofferraum öffnete und unsere taktische Ausrüstung herausholte.

Jaxson holte eine kugelsichere Weste heraus und zog sie sich über sein Hemd.

„Ich weigere mich, auf meinem Hintern zu sitzen und darauf zu warten, dass das SWAT-Team uns sagt, wie wir unseren Job machen sollen, oder noch schlimmer, der Sheriff der Stadt. Kommst du mit mir?"

KAPITEL VIERZEHN

ARIELLA

Mit dem Rücken an den kalten Backstein gepresst, drückte ich die Knie an meine Brust.

Hazel saß rechts von mir und drückte sich eng an meinen Körper, wir waren in der Lobby zusammengedrängt.

Ich hatte bei der CIA gelernt, wie man einen Angreifer bei einer Geiselnahme ausschaltet, aber es gab keinen Kurs, bei dem acht bewaffnete Männer gegen einen Techniker antraten.

Ich hatte nie aufregende Einsatzmöglichkeiten. Ich saß in fremden Ländern mit Überwachungsgeräten in Hotelzimmern. Das war alles, nichts aufregendes.

Das hier ging darüber hinaus, und offen gesagt, hätte ich auf den Nervenkitzel verzichten können. Ich mochte keine Abenteuer mit hohem Adrenalinspiegel, und dieses hier ließ mein Herz in der Brust hämmern.

Eine autonome Dysfunktion war an einem normalen Tag schon schlimm. Heute hat sie mir wirklich zu schaffen gemacht. Es kostete mich alle Kraft, meinen Körper zu zwingen, ruhig zu bleiben und nicht zu zittern, obwohl der Kampf-oder-Flucht-Reflex die Oberhand gewonnen hatte.

Meine Atemübungen waren mies. Biofeedback war ein großartiges Werkzeug, mit der richtigen Ausrüstung. Als wir auf dem Boden saßen und maskierte Männer uns mit Waffen bedrohten, war das nicht der richtige Zeitpunkt, es einzusetzen.

Ich wünschte, ich hätte eine Waffe. Aber was würde es mir bringen? Ich wäre wahrscheinlich nicht in der Lage, acht Männer aufzuhalten, an einem guten Tag vielleicht ein oder zwei. Sechs waren bei uns geblieben, und die anderen beiden, die verschwunden waren, kehrten zurück, aber Mason war nicht bei ihnen.

Wo war er? War er am Leben? Hatten sie ihn gefoltert?

Ich versuchte, an etwas anderes zu denken. Welpen. Sommerliche Sonnenuntergänge. Surfen am Strand.

Jaxson. Bei dem letzten Gedanken kräuselten sich meine Lippen und mein Magen kippte um.

Ich wollte nicht an ihn denken.

Der Mann, vor dem Hazel Angst hatte, räusperte sich. „Wie lange wollt ihr uns noch aufhalten? Einige von uns haben noch etwas zu erledigen."

Er hatte einen starken Akzent, eindeutig russisch. Ich hatte als Teil meines Lehrplans bei der CIA Sprachen studiert.

Der kleinere der maskierten Männer stürmte auf den Russen zu und drückte ihm den Lauf der Pistole in die Brust, die auf sein Herz gerichtet war. „Du hältst die Klappe!", bellte der maskierte Mann.

„Oder was? Willst du mich erschießen?", lachte der Russe, unbeeindruckt von der Drohung. Trotzdem wehrte er sich nicht. „Du machst mir keine Angst. Ich habe schon Kakerlaken getötet, die größer waren als du."

„Das ist Franco", flüsterte Hazel mir ins Ohr.

Sie hatte ihn vorhin erwähnt, aber ich wusste bis jetzt nicht, wer er war.

Es waren zwei dickliche Männer mit fettigen Haaren in Anzügen, die auf dem Boden an der gegenüberliegenden Wand saßen.

Wenn der Bastard Franco erschoss, würde er uns allen unwissentlich einen Gefallen tun.

„Du hast vielleicht keine Angst vor dem Tod, aber was ist, wenn ich deinen Freund töte?" Der maskierte Mann bewegte den Lauf der Waffe von Francos Brust weg zum Kopf des anderen Mannes. „Mich juckt es in den Fingern, abzudrücken."

„Mach schon, tu es", sagte Franco. Er klang gelangweilt.

War das eine Form von umgekehrter Psychologie?

Ich konnte die Augen des maskierten Mannes von der anderen Seite des Raumes aus nicht sehen. Wir alle sahen zu. Eine Schwere legte sich über den Raum. Einige Geiseln stießen leise Angstschreie aus.

„Genug!" Ein größerer Mann, der eine Maske trug und mit einer Waffe herumfuchtelte, stieß den Lauf vom Kopf des Mannes weg.

Er packte den kleineren Mann am Arm und zerrte ihn den Gang hinunter.

„Feigling!", brüllte Franco.

Meine Hände zitterten und ich stieß einen nervösen Atemzug aus. Die Männer, die uns gefangen hielten, waren keine Mörder. Zumindest noch nicht.

Warum nahmen sie Geiseln in der Ferienanlage? Was hofften sie zu erreichen?

Einer der maskierten Männer führte eine Frau, deren Hände auf dem Rücken gefesselt waren, auf uns zu. „Lasst mich los!", tönte ihre Stimme durch den Flur.

Emma?

Ihr langes braunes Haar verdeckte ihre roten, fleckigen Wangen und Augen. Hatte sie geweint?

„Lass mich in Ruhe!" Emma entschlüpfte dem Griff des maskierten Mannes und richtete ihren Blick auf mich.

Sie schniefte und sackte neben mir auf dem Boden zusammen.

„Haben sie dir wehgetan?", fragte ich, wobei meine Stimme kaum mehr als ein Flüstern war.

Der maskierte Mann hob den Griff seiner Waffe und richtete sie auf meine Stirn. „Sei still!", knurrte er.

Zitternd senkte ich meinen Blick. Ich wollte nicht bedrohlich wirken. Das Letzte, was wir brauchten, war,

Francos Aufmerksamkeit und dass er Hazel neben mir bemerkte.

„Kluges Mädchen", sagte er lachend. Ich stellte mir ein finsteres Lächeln hinter diesen eisblauen Augen vor.

Seine Stimme jagte mir einen Schauer über den Rücken. Sie war rau und hart. Er schnaubte und ließ die Waffe sinken, beugte sich zu mir herunter, um meinen Arm zu ergreifen.

„Du kommst mit mir mit." Er zerrte mich auf die Füße, sein unbarmherziger Griff war fest und hart.

„Nein!" Ich zog mich aus seinem Griff zurück.

Bei den anderen Geiseln war ich sicherer. Ich traute dem maskierten Mann nicht, was er mit mir machen würde.

„Du sagst nicht nein", zischte er und zupfte an meinen Haaren, wobei sich seine Faust in den Strähnen verhedderte, während er meinen Nacken nach hinten zog, sodass ich ihn ansehen musste .

Waren alle Augen auf uns gerichtet? Ich konnte den Blick nicht abwenden, mein Nacken verdrehte sich und ich starrte nur auf das Gesicht des Mannes, dessen Maske es mir unmöglich machte, ihn zu sehen.

Er hob mich über seine Schulter und griff mit der anderen Hand nach Hazels Arm. Wenigstens hatte sie ein dickes Sweatshirt, dass sie vor seinem festen Griff schützte.

„Lass mich los!" Ich kämpfte mit all meiner Kraft. Meine Hände schlugen auf seinen unteren Rücken und hämmerten auf ihn ein. Doch es war zwecklos. Unter seinem schwarzen Hemd trug er unauffällig eine Weste, dick, wie Kevlar

„Halt die Klappe oder ich jage dir eine Kugel in den Kopf!"

KAPITEL FÜNFZEHN

JAXSON

Mason schnappte sich einen Bolzenschneider und wir brachen den Seiteneingang des Resorts auf. Herumsitzen und darauf warten, dass das SWAT-Team verhandelt, würde nicht funktionieren.

Ich hatte einen Anruf von Nikolai Agron erhalten, dem letzten Menschen, mit dem ich heute zu tun haben wollte.

Wenn alles, was ich gehört hatte, stimmte, dann hatte ich mich auf einen Kunden eingelassen, mit dem ich nicht umgehen konnte. Ich hatte in der Vergangenheit mit Männern zu tun, die Drecksäcke waren, aber das hier war anders.

Normalerweise hatte ich die Oberhand.

Es gefiel mir nicht, dass Ariella und Hazel als Geiseln gehalten wurden und Franco nirgends zu finden war. Die Aktionen im Resort spiegelten nicht die Strategien der Mafia wider. Wenn Franco wusste, dass für Hazel ein Zimmer gebucht wurde, hätte er sie geschnappt oder getötet, je nachdem, was er vor hat.

Ich war mir nicht sicher, was er geplant hatte. Er wollte sie zwar als seine Frau, aber die Tatsache, dass er die Marshals niedergeschossen und nicht an ihre Sicherheit gedacht hatte, ließ mich vermuten, dass er bereit war, sie zu töten. War es, weil sie ihn verraten hatte?

Ich winkte Mason, mir in den Flur zu folgen. Er nickte knapp und deckte mich von hinten. Unsere Waffen waren gezogen; wir drückten uns an die Wand, als wir um die Ecke kamen. In der Ferne wurden die Stimmen lauter und deutlicher. Das bedeutete, dass wir nah dran waren.

Ihr braunes Haar hatte sie sich vor Kurzem zu einem Bob schneiden lassen. Emma Foster, die leibliche Mutter meiner Tochter, stand in einem anderen Flur an einem Verkaufsautomaten.

Sie trug eine schwarze Hose und ein Hemd mit blauem Kragen und klopfte mit dem Fuß auf den Linoleumboden. „Ich weiß nicht, warum ich nicht auch eine Maske tragen und mich mit euch verkleiden kann ", sagte Emma.

Auf der anderen Seite des Verkaufsautomaten stand ein maskierter Mann. Seine Waffe lugte hinter dem Gerät hervor, als er nach vorn trat.

Er war ganz in Schwarz gekleidet und hatte die gleiche Größe und Statur wie ich. Ich konnte es leicht mit ihm aufnehmen, aber nicht, wenn Emma zusah.

Emma war definitiv involviert.

Wusste sie, was vor sich ging? Welche Rolle spielte sie? Hat sie die ganze Situation inszeniert? Ich hatte eine Fülle von Fragen, aber sie würden nicht beantwortet werden, wenn ich sie anspreche. So hat sie nicht mit mir gearbeitet. Es gab eine Geschichte zwischen uns, eine komplizierte Geschichte.

Wir waren keine Freunde. Wir waren nicht einmal ein Liebespaar. Wir hatten eine Nacht zusammen verbracht, eigentlich einen sehr langen Tag, und das war alles.

Der maskierte Mann lehnte sich an Emma und flüsterte ihr etwas ins Ohr, bevor sie den Flur hinunterlief.

Ich wartete, bis Emma außer Sichtweite war bog um die Ecke, bevor der maskierte Mann ahnen konnte, dass jemand sie beobachtet hatte. Ich rammte seinen Körper und brachte ihn aus dem Gleichgewicht.

Er stolperte rückwärts, über seine Füße und seine Waffe fiel aus seiner Hand auf den Boden. Ich hielt den Atem an. Hatte Emma den Aufruhr gehört? Würde sie zurückkommen und uns beide sehen?

Mason stand Wache und hielt mir den Rücken frei.

Ich schnappte mir die Waffe vom Boden und richtete sie auf den maskierten Mann. „Zieh sie aus", fauchte ich zwischen zusammengebissenen Zähnen. Es gab nur einen Weg hinein, und der war, sich wie sie anzuziehen.

„Beiß mich", sagte der maskierte Mann und schlug seine Stirn gegen meine.

Scheiße, das tat weh. Ich schluckte den Schmerz hinunter, als er nach der Waffe in meinen Händen kämpfte. Nein, ich würde sie ihm nicht geben. Ich trat ihm auf den Fuß, stieß ihm mit dem Ellenbogen in den Bauch und trat ihm in die Leistengegend.

Dreckig spielen war der einzige Weg, um zu überleben. Wir befanden uns nicht in einem Boxring und spielten nach festgelegten Regeln. Hier ging es um Leben und Tod.

„Bastard", grunzte er und stürzte sich auf mich, wobei er mich mit dem Rücken gegen die Ziegelwand knallte.

Ich keuchte durch den Aufprall und Mason eilte näher, die Waffe gezogen und auf die Stirn des maskierten Mannes gerichtet.

Erschrocken ziehe ich seine Maske herunter.

Jayden Scott. Er war schon zu lange mit den Außenseitern unterwegs.

„Was zum Teufel?" Ich konnte nicht glauben, in was er da hineingeraten war. Wir hatten zusammen bei den Special Forces gedient und waren Brüder. Es kam mir vor, als wäre es ein ganzes Leben her, als ich seinen kalten Blick erwiderte.

War er wegen Emma darin verwickelt? Sie schienen sich gut zu verstehen. War das der Grund für sein Auftauchen?

Ich reichte Mason die halb automatische Waffe, als er hinter mir stand. Ich wollte nicht, dass Jayden wieder seine dreckigen Krallen danach ausstreckte.

Mit einer Hand hielt ich Jaydens schwarzes Hemd fest und drückte ihm meine Pistole an den Kopf. „Nenn mir einen Grund, warum ich das Magazin nicht entladen sollte", sagte ich zwischen zusammengebissenen Zähnen.

„Du weißt gar nichts", sagte Jayden.

„Warum bist du hier? Was wollen sie?" Männer tauchen nicht zum Spaß auf und nehmen Geiseln, schon gar nicht diese Männer, die nicht im Netz sind.

Worauf waren sie aus? Ich drückte mein Gesicht an seins, die Waffe war entsichert, mein Zeigefinger am Abzug. Ich war bereit, ihn zu erschießen, einen Mann, dem ich vor zehn Jahren das Leben gerettet hatte.

Er schnaubte und zuckte mit den Schultern. Jayden hat nicht einmal geschwitzt, als der Lauf auf seiner Haut lag. „Du hast nicht das Zeug dazu, mich zu erschießen, Monroe."

Ich hasste es, wie gut er mich kannte. Die Wahrheit war, dass ich einen unbewaffneten Mann nicht erschießen würde, es sei denn, mein Leben wäre in Gefahr. Das war es nicht, zumindest nicht im Moment, aber das Leben aller anderen war es.

Ich hatte keine andere Wahl. Ich nahm den Griff der Waffe und schlug sie ihm gegen den Kopf, sodass er bewusstlos wurde. Er fiel wie ein Haufen auf den Boden.

„Hilf mir, ihm die Kleidung auszuziehen", sagte ich.

Mason stand da und schulterte eine Waffe, während er die andere um die Ecke richtete, um uns sofort beschützen zu können. „Sieht aus, als hättest du es im Griff."

Seufzend zog ich Jayden bis auf seine Boxershorts aus. Ich fühlte mich nicht gut bei dem, was ich getan hatte, aber was blieb mir anderes übrig?

Zwei von uns gegen acht, mit Dutzenden Geiseln, das verhieß nichts Gutes. Wenigstens waren es jetzt sieben, außer Emma war beteiligt.

Ich musste sie aus der Gleichung herausnehmen.

Ich öffnete die nächstgelegene Tür, eine Abstellkammer für Hausmeisterbedarf, und zog Jayden hinein. Ich schloss die Tür und mit Masons Hilfe zogen wir schnell den Verkaufsautomaten vor die Tür, um Jayden an der Flucht zu hindern. Nur für den Fall, dass er aufwacht, bevor mein Plan abgeschlossen ist.

Schnell zog ich Jaydens Kleidung an, schlüpfte in den letzten Teil des Ensembles, die schwarze Skimaske, und streckte meine Hand nach der Waffe aus, die Mason für mich aufbewahrt hatte.

„Bist du dir da sicher?", fragte Mason. „Du bist Vater. Vielleicht sollte ich derjenige sein, der sein Leben riskiert."

Er schien es sich anders überlegt zu haben. Ich konnte es mir nicht erlauben, Entscheidungen zu hinterfragen, weder jetzt noch in Zukunft. „Ich schaffe das."

Ich musste sowohl Ariella als auch Hazel beschützen. In meinem Job musste ich mein Leben riskieren. Das war Teil meines Jobs.

An meinem Gürtel befanden sich eine Handvoll Kabelbinder, die Jayden an seiner Hose getragen hatte. Ich hatte zwar nicht vor, Geiseln zu nehmen, aber ich konnte auch nicht zulassen, dass Emma herausfand, dass ich nicht Jayden war.

Würde sie meine Stimme oder meine Augen durch die Maske erkennen? Wir hatten zwar nur eine Nacht zusammen verbracht, aber sie war mit Isabella vor meiner Tür aufgetaucht und ich war vor etwas mehr als einem Monat bei ihr aufgetaucht und hatte sie gebeten, die Stadt zu verlassen.

Ich gab Mason ein Zeichen, mir in den Flur zu folgen. Emma hielt sich von den Geiseln fern. Sie lehnte an der Wand, ihr Handy in der Hand, und starrte auf das Gerät, ohne meine Anwesenheit zu bemerken.

Mason blieb zurück und beobachtete mich mit gezogener Waffe, falls ich Verstärkung brauchte.

Ich schlich mich an, ohne dass sie auch nur mit der Wimper zuckte.

Sie konzentrierte sich ganz auf das Spiel, das sie auf ihrem Handy spielte und bei dem es um eine Reihe von bunten Blasen ging, die für mich keinen Sinn ergaben.

Ich packte ihre Arme und drückte sie hinter ihren Rücken. Ihr Handy fiel auf den Boden.

Mit einem Kabelbinder fesselte ich ihre Handgelenke und band sie zusammen.

„Jayden", in Emmas Stimme lag ein Hauch von Ärger. „Das ist nicht lustig. Lass mich los."

Ich habe ihr nicht geantwortet. Ich wollte noch nicht sprechen, weil ich befürchtete, sie könnte erkennen, dass meine Stimme nicht die *seine* war.

Ich musste vorsichtig sein. Ich hatte vielleicht nur eine Chance, und die wollte ich mir nicht verbauen, bevor ich Ariella und Hazel gefunden hatte.

Es kostete mich all meine Kraft, mich nicht umzudrehen und Mason anzuschauen. Ich war es gewohnt, auf dem Feld Signale zu teilen. Er hielt mir den Rücken frei. Ich musste darauf vertrauen, dass er es auch jetzt tat, während ich mich nicht umdrehen konnte.

„Gut. Wenn du Räuber und Gendarm spielen willst, kann ich wohl mitspielen." Emma klang fast gelangweilt.

Die Maske war heiß und stickig. Ich atmete schwer durch die Nase und tat alles, was ich konnte, um meinen Mund geschlossen zu halten. Es war schwierig. Ich wollte ihr sagen, dass sie die Klappe halten sollte. Ich wollte sie schütteln und fragen, worauf sie sich eingelassen hatte und warum.

Welcher vernünftige Mensch würde sein Leben hinter sich lassen, um bei den Außenseitern zu leben? Ihre Hütte war ein Höllenloch, eine Art Kommune ohne fließendes Wasser und Heizung. Sie waren sehr einfach, lebten von der Natur und waren zum Überleben aufeinander angewiesen.

Das wäre eine gute Idee gewesen, wenn sie nicht Männer mit einer düsteren Vergangenheit gewesen wären.

Ich hatte immer noch nicht begriffen, was sie wollten und warum sie das Blue Sky Resort übernommen hatten. Ich konnte Emma nicht einfach so fragen. Das würde sie darauf aufmerksam machen, dass ich nicht Jayden bin.

Ich packte sie am Ellbogen und begleitete sie mit schweren Schritten in die lärmende und aufgewühlte

Menge. Meistens handelte es sich um Tränen und geflüsterte Bitten, einige beteten, andere unterhielten sich untereinander.

Die Täter hatten keine Stille gefordert. Okay, sie hatten also keine Angst, gestürzt zu werden oder dass die Geiseln zusammenarbeiten, um sie zu besiegen.

Wenn die Täter alle aus dem Ausland kamen, dann waren das nicht die hellsten Männer. Einige hatten eine militärische Ausbildung, aber nicht alle. Die meisten, die gedient hatten, wären unehrenhaft entlassen worden.

Diese Männer waren nicht ehrenhaft.

Ich führte Emma den Flur entlang und blickte von einer Person zur nächsten, bis mein Blick auf Ariella fiel.

Sie schaukelte langsam, die Knie fest an die Brust gepresst, die Arme um ihre Beine geschlungen. Rechts von ihr stand eine Geisel mit einem übergroßen Sweatshirt und einer Kapuze.

Ich würde diesen Kapuzenpullover überall erkennen. Er gehörte Mason Reid. Hazel musste sich darunter vergraben haben, was wahrscheinlich klug war.

Ich warf einen kurzen Blick auf die Geiseln. Ein paar von ihnen waren Städter, die Besitzer des Resorts und einige Gäste, die ich nicht kannte. Die müssen warten. Hazel hatte für mich Priorität, und Ariella. Ich wollte sie nicht zurücklassen.

„Lass mich in Ruhe!" Emma riss sich von mir los, schniefte und ließ sich neben Ariella auf den Boden fallen. Sie wusste, wie man die Rolle des Opfers spielt. Wie lange hatte sie schon für diese Rolle vorgesprochen?

„Haben sie dir wehgetan?", flüsterte Ariella und fiel in ihre Vorstellung ein.

Ich hasste es, Ariella angsterfüllt und zitternd an der Wand zu sehen, aber ich musste überzeugend wirken, wenn ich wollte, dass alle glaubten, ich sei einer von ihnen.

Ich hatte keine andere Wahl. Ich hob den Griff meiner Waffe und richtete sie auf ihre Stirn. „Ruhe!", bellte ich.

Ein Schauer durchlief ihren Körper. Jeder konnte die Angst sehen, die ich ihr eingeflößt hatte.

Nein. Ich musste die beiden trennen. Ich war nur hier, um sie zu retten. Diese Männer hatten ihr Trauma verursacht. „Kluges Mädchen", sagte ich und versuchte mein Bestes, um zu lachen.

Ich musste überzeugend sein, sonst würde ich unser aller Leben in Gefahr bringen. Ich ließ meine Waffe sinken und beugte mich hinunter, um ihren Arm zu ergreifen. „Du kommst mit mir." Ich hob Ariella auf ihre Füße.

„Nein!"

Sie war eine Kämpferin, das muss ich ihr lassen. „Du sagst mir nicht nein", fauchte ich. Ich hatte keine andere Wahl, als sie aufzufordern, mitzukommen und Gewalt zu zeigen. Diese Männer würden ein Nein nicht so leicht akzeptieren.

Ich packte sie an den Haaren und riss ihren Kopf zurück, damit sie mich ansah.

Ich starrte in ihre Augen, die voller Angst waren. Konnte sie mich sehen? Erkannte sie meine Augen durch die Skimaske?

Ich wollte ihr sagen, dass sie mir vertrauen sollte, aber ich konnte es nicht. Ihre Angst machte es für alle, die uns beobachteten, glaubhaft.

Ich konnte nicht riskieren, dass Ariella gegen mich kämpft. Ich musste Hazel auffordern, mit mir zu kommen. Das war die einzige Möglichkeit, sie zu retten. Hoffentlich würde Ariella mich verstehen und mir verzeihen, wenn sie sah, dass ich es hinter der Maske war.

Ich warf sie über die Schulter, packte Hazels Arm und stieß sie auf die Füße.

„Lass mich los!" Ariella kreischte.

Sie war stark für ihre winzige Statur und ihre Fäuste landeten einen Schlag nach dem anderen auf meinem unteren Rücken. Offen gesagt, es tat nicht weh. Die Weste schützte mich relativ gut vor ihren Angriffen.

Hatte sie herausgefunden, wer sich hinter der Maske verbarg?

Ich musste überzeugend klingen. Ich musste uns an den anderen bewaffneten Männern vorbeibringen. „Schnauze, oder ich jage euch beiden eine Kugel in den Kopf!"

Hazel wehrte sich am wenigsten gegen mich. Ihr Körper war schlaff, aber mein Griff um ihren Arm sorgte dafür, dass sie nicht aus meinem Griff rutschte.

Ich schlich mich mit ihnen den Weg zurück, vorbei an den Geiseln, darunter zwei Männer zu meiner Rechten in Anzügen, die mit gespreizten Beinen auf dem Boden saßen. Unsere Blicke trafen sich. Franco Iwanow.

Ich schob die Mädchen an den Menschenmassen vorbei.

„Wo bringst du sie hin?", fragte eine andere männliche Stimme. Er stand zwanzig Meter entfernt, maskiert und bewaffnet.

„Lass mich runter", stöhnte Ariella. Sie stieß weiter gegen meinen Rücken, aber ihre Bewegungen fühlten sich weniger kraftvoll an. War das nur Show, oder fühlte sie sich besiegt?

„Für ein bisschen schmutzigen Spaß. Ich dachte, ich würde ihnen eine Lektion erteilen, weil sie uns nicht gehorcht haben." Mir stieg die Galle in die Kehle. Ich wollte kotzen.

Der maskierte Mann spottete und machte auf dem Absatz kehrt, ohne sich wirklich für mich oder meine Pläne zu interessieren.

Ich trug sie in den Flur, drehte mich um und drückte Hazel in Mason's Arme.

Mason hob einen Finger an seine Lippen, um still zu sein. Er packte Hazel an der Hand und zog sie den Korridor entlang, in die Richtung, aus der wir gekommen waren.

„Das lasse ich nicht zu!" Ariella kämpfte weiter gegen mich an. Mit gesenktem Kopf hatte sie nicht gesehen, wie Mason Hazel half. „Kämpf gegen ihn!", rief sie Hazel zu.

Ich behielt mein Tempo bei und fiel hinter Mason und Hazel zurück, als sie den Flur entlang zu dem Eingang joggten, durch den wir hereingekommen waren.

Ich wollte Ariella sagen, dass ich es war, aber ich konnte nicht riskieren, dass uns jemand entdeckte.

Was wäre, wenn ein anderer maskierter Mann uns einholen würde oder noch schlimmer, wenn Jayden sich selbst befreit hätte?

KAPITEL SECHZEHN

ARIELLA

Ich drückte mich gegen seine Schulter, und obwohl der maskierte Mann einen Arm um meine Hüften gelegt hatte, hörte ich nicht auf, mich zu bewegen. Er würde müde werden oder gezwungen sein, mich zu Boden zu bringen, und ich würde die Chance haben, mich zu wehren. Es waren nur wir beide.

Sein Griff lockerte sich ein wenig und ich rollte mit aller Kraft gegen ihn, sodass er umkippte und wir auf den Boden fielen.

Eine männliche Stimme grunzte: „Verdammt, Sommersprosse".

Das kann nicht sein. Oder doch? „Jaxson?", flüsterte ich.

Wahrscheinlich hätte ich weglaufen sollen. Das war meine Chance, aber ich würde diese Stimme überall wiedererkennen, wenn sie meinen Namen sagt.

Er warf einen Blick über die Schulter, als er aufstand, seine Hose abstaubte und mir die Hand reichte.

Diese durchdringenden blauen Augen stahlen mir das Herz. Ich ergriff seine Hand, und wir verließen das Gebäude.

Das SWAT-Team wartete darauf, dass wir das Gebäude verließen. Die Gewehre waren auf uns gerichtet.

Ich warf meine Arme in die Luft.

Jaxson tat das Gleiche. Die Schrotflinte war über seine Schulter geworfen. Er fiel auf die Knie, die Maske immer noch auf, als das SWAT-Team ihn umzingelte.

„Nicht schießen!", schrie ich die Männer an. „Er gehört zu Eagle Tactical." Ich hatte angenommen, dass sie ihn im Rahmen ihrer Operation hergeschickt hatten.

„Noch ein Grund mehr, ihn zu verhaften", sagte ein Mann mit einer SWAT-Jacke.

Er trat hinter der Kommandozentrale auf der anderen Seite des Parkplatzes hervor. Er muss der Leiter des Einsatzes gewesen sein.

„Jaxson?" Was zum Teufel war hier los?

———

Die SWAT-Agenten tasteten mich ab, um sicherzustellen, dass ich keine Waffe bei mir trug, bevor sie mich von Jaxson wegbrachten.

„Ich will Jaxson sehen", forderte ich. Warum hielten sie uns getrennt? „Er hat mir das Leben gerettet." Ich bestand darauf, dass sie wissen, dass er mich gerettet hat.

War es die Tatsache, dass er als einer von ihnen verkleidet war, dass sie seine Geschichte überprüfen mussten?

Hatte er die Regeln gebrochen, als er Hazel und mich rettete? Wo war Hazel? Sorge überflutete mein Gesicht, als ich in einem metallenen Klappstuhl saß und mir eine Decke um die Schultern legte.

„Entspann dich", sagte Mason und setzte sich neben mich. Er reichte mir eine Flasche Wasser. „Jaxson sagte, du könntest das brauchen."

„Danke."

Hazel stand hinter ihm. Sie war im Vergleich zu ihm klein, und ich hatte gar nicht bemerkt, wie leicht sie verschwand. Er war ihr Beschützer.

War er auch in der Ferienanlage gewesen? Ich hatte ihn nicht gesehen, aber das hatte nichts zu bedeuten. Eagle Tactical arbeitete als Team.

Ich bezweifelte, dass Jaxson allein hineingegangen war.

„Wo ist er?", fragte ich. Ich öffnete die Wasserflasche und nahm einen Schluck. Ich hielt die Flasche mit beiden Händen und tat mein Bestes, damit meine Hände nicht zitterten. Die Decke half mir, auch wenn mir nicht kalt war. Ich fühlte mich mehr als erschöpft.

„Nachbesprechung und Bewältigung der Folgen unserer Taten", sagte Mason. Er legte einen Arm um Hazel und zog sie fest an seinen Körper.

„Ich verstehe das nicht. Steckt er in Schwierigkeiten?"

Mason schmunzelte, kühl. „Nicht mehr als sonst. Ich muss Hazel an einen sicheren Ort bringen. Sie hat erwähnt, dass Franco in der Ferienanlage ist. Ich kann es nicht riskieren, darauf zu warten, dass er uns hier draußen findet."

„Ja, das ist richtig." Sie konnte nicht mehr im Hotel bleiben. Ich traute mich nicht zu fragen, wohin er sie bringen würde. Ich war mir nicht sicher, ob ich das wissen wollte. Es war das Beste, es vor allen geheim zu halten.

Er legte mir eine Hand auf die Schulter. „Bist du sicher, dass es dir gut geht? Wenn ich dich mitnehme, wird Jaxson ausrasten. Er reißt sich gerade noch zusammen", sagte Mason.

Ich nippte an meinem Wasser und wischte mir über die Lippen. „Mir geht's gut. Ich bezweifle, dass er mich sehen will. Er hat mich aus seiner Wohnung hinausgeworfen. Ich bin die letzte Person, mit der er zu tun haben will. Vergiss nicht, dass ich im Hotel bleiben wollte, um ihm aus dem Weg zu gehen.

„Rede mit ihm", sagte Mason. Er klopfte mir auf die Schulter, bevor er Hazel aus dem Zelt führte.

Ich wollte gehen. Ich wollte nicht mit der juckenden Decke über den Schultern bleiben und eine Flasche lauwarmes Wasser trinken. Ich wollte nach Hause gehen, in ein heißes Bad schlüpfen und meine Sorgen verschwinden lassen.

———

Jaxson stürmte mit hängenden Schultern ins Zelt, als er mich erblickte. „Geht es dir gut?"

Er überragte mich, als ich auf dem eiskalten Metallstuhl saß. Ich zog die Decke fester und versuchte, die Kälte abzuwehren. Ich zitterte, aber das lag mehr an seiner Nähe als an der Kälte in der Luft.

Ich antwortete nicht, sondern starrte nur zu ihm hoch. War es ihm wirklich wichtig, wie es mir ging, oder war es sein Beschützermodus, der ihn das fragen ließ?

Heute Morgen waren ihm meine Gefühle völlig egal. Warum hatte sich das jetzt geändert?

„Alles bestens", sagte ich und lächelte, so gut ich konnte.

Er beugte sich herunter. Seine Knie beugten sich, als er auf meine Augenhöhe kam. „Du bist sauer auf mich."

„Wie kommst du denn darauf?" Ich schloss meine Augen und atmete laut aus, bevor ich sie wieder öffnete.

Er rührte sich nicht und starrte mich weiter an. „Wie wäre es, wenn ich dich nach Hause fahre? Wir können losfahren."

War es ihm ernst? Noch vor ein paar Stunden hatte er mir gesagt, ich solle mir einen anderen Ort zum Leben suchen. Hatte er es vergessen, oder fühlte er sich nur schuldig, weil ich eines der Opfer war?

„Du musst kein Mitleid mit mir haben." Ich drückte sanft gegen seine Brust, damit er sich wieder aufrichtete, als ich aufstand. „Ich komme schon zurecht. Ich suche mir einfach einen anderen Ort, an dem ich bleiben kann." Ich war mir nicht sicher, welche anderen Möglichkeiten der Unterbringung es gab, aber ich würde mir etwas einfallen lassen.

Vielleicht könnte ich bei Emma wohnen, wenn sie ein Zimmer freihätte oder zumindest eine Couch, auf der ich schlafen könnte.

Wenn nicht, würde vielleicht einer der anderen Jungs von Eagle Tactical einen Ort vorschlagen, an dem ich übernachten könnte. Ich war nicht so dumm, bei einem von ihnen zu wohnen. Jaxson würde ihnen wahrscheinlich das Leben zur Hölle machen.

„Ich habe kein Mitleid mit dir", sagte er und stand auf. Er atmete laut aus und verschränkte meinen Arm mit seinem. „Ich bringe dich nach Hause."

„Jaxson, ich habe auch ein Auto. Ich kann nach Hause fahren." Ich war mir nicht wirklich sicher, wohin ich fahren würde. Ein Zuhause gab es für mich nicht, nicht mehr.

„Nein." Eine Antwort mit nur einem Wort.

Er hatte mir nicht zugehört. Jaxson führte mich aus dem Zelt und zu seinem Truck. Er schloss die Tür auf und half mir hinein. Ich hatte die Decke behalten und legte sie auf meinen Schoß, als ich auf den Vordersitz kletterte. „Das ist nicht nötig. Ich bin in der Lage, selbst zu fahren."

Er wartete, bis ich mich angeschnallt hatte, bevor er die Tür schloss und auf die andere Seite ging. Jaxson kletterte hinein, ließ den Motor an und schnallte sich an. „Ich bringe dich nach Hause." Seine Stimme war fest und befehlend.

War er es gewohnt, Leute herumzukommandieren? Das hatte er in den vergangenen Tagen im Büro getan, hauptsächlich mir gegenüber.

Ich zog Mason's Worte in Betracht, dass Jaxson sexuell frustriert war, aber das ergab keinen Sinn. Wir hatten erst kürzlich Sex und ich war mir ziemlich sicher, dass er nicht der Typ war, der herumschläft. Er hatte ein Kind, und als wir uns das erste Mal trafen, war klar, dass sie für ihn an erster Stelle stand.

Ich antwortete nicht, sondern starrte nur aus dem Seitenfenster, als er vom Parkplatz zur Hauptstraße fuhr, die zum Bergpass hinaufführt.

„Ich verstehe schon. Du bist sauer auf mich", sagte Jaxson. Das Radio war aus und die Heizung lief auf Hochtouren.

Ich warf einen Blick aus dem Seitenfenster auf Jaxson und verschränkte dann die Arme vor der Brust.

„Es tut mir leid, wenn ich da drinnen zu weit gegangen bin, aber ich konnte nicht zulassen, dass dir etwas passiert, Sommersprosse."

„Tu das nicht!", warnte ich ihn. Er durfte mich nicht mehr so nennen.

Wir fuhren den Berg hinauf, während Jaxson den Truck herunterschaltete. Die Reifen drehten durch, aber genauso schnell zogen wir die Straße hinauf.

Mit seinen Händen umklammerten er fest das Lenkrad. Die Straße sah nicht so tückisch aus, aber je höher wir kamen, desto mehr Schnee begann zu fallen. Zuerst waren die Flocken dick und leicht und die Straße wie mit Staub bedeckt, aber mit jeder Minute wurde der Schnee schwerer.

„Ich wollte dir nicht wehtun", sagte er. „Ich musste überzeugend aussehen, dass ich einer von ihnen bin."

Ich rutschte auf meinem Sitz hin und her und drehte mich ein wenig zu ihm um. „Glaubst du, ich bin sauer, weil das im Resort passiert ist?" Er tat, was er tun musste, um Hazel und mich da herauszuholen.

Er warf mir einen kurzen Blick zu, bevor er seine Aufmerksamkeit wieder auf das schneebedeckte Straße richtete. „Bist du es nicht?"

Ich lachte leise vor mich hin. „Meine Güte, du bist ja ahnungslos." Waren alle Männer so ahnungslos?

„Oh, danke", murmelte er. Er grummelte etwas Unzusammenhängendes vor sich hin.

Ich starrte ihn an. „Was war das?", fragte ich und forderte ihn auf, es laut zu sagen.

„Ich sagte: 'Frauen, ihr seid alle gleich.'"

„Mit wem vergleichst du mich, mit Emma?" Ich zerrte an der Decke, meine Finger zerrten an der kratzigen Wolle und ballten sich zu Fäusten. „Du kannst mich nicht mit der Frau in einen Topf werfen, die dein Kind abgesetzt hat und weder mit ihr noch mit dir etwas zu tun haben will."

Ich schnitt eine Grimasse, nachdem die Worte über meine Lippen gekommen waren. Das war nicht das, was ich wirklich von Emma dachte. Aber ich wusste, was ich tat, und weil sie es nie erwähnt hatte, aber Jaxson es mir gesagt hatte, nagte es im Inneren an mir.

Warum war sie hier? Wollte sie um seine Zuneigung und Aufmerksamkeit buhlen?

Ich hatte sie außer an dem einen Abend in der Bar noch nie zusammen gesehen, aber vielleicht gab es etwas, was ich nicht wusste. Ich war noch nicht so lange in Breckenridge.

Hatte er seine eigenen Geheimnisse vor mir?

Mit einer Hand rieb er sich die Stirn, die andere blieb auf dem Lenkrad liegen. „Es tut mir leid."

„Was denn?" Ich wollte nicht, dass er sich entschuldigte, wenn er es nicht ernst meinte oder nicht wusste, wofür.

Er zögerte und antwortete mir nicht sofort.

„Ich mache es dir leicht. Du warst ein Arsch zu mir, das größte Arschloch, das ich kenne. Sag mir, dass ich falsch liege", sagte ich und starrte ihn an.

Er konzentrierte sich weiter auf die Straße und schaute gelegentlich in meine Richtung, aber jetzt sah er mich nicht mehr an. Er bewegte sich unter meinem Blick und fühlte sich sichtlich unwohl bei dem, was ich gesagt hatte.

Er wollte die Wahrheit wissen. Er hatte sie verdient.

Sein Kiefer war angespannt, seine Zähne waren zusammengebissen. Seine linke Hand legte sich auf das Lenkrad, als er den Truck auf die private Einfahrt zu seinem Haus lenkte.

„Ja, das habe ich mir schon gedacht. Mach dir keine Sorgen. Sobald ich einen Platz zum Wohnen gefunden habe, bin ich weg. Ich hatte vor, im Resort zu wohnen, aber das wird gerade neu verwaltet."

Er schnaufte leise vor sich hin. „Hältst du dich für witzig, wenn du einen solchen Witz machst? Du hättest heute getötet werden können."

„Nun, das bin ich nicht. Ich bin mir sicher, dass du enttäuscht bist, dass ich immer noch hier bin und unter deinem Dach wohne." Ich hatte nicht vor, so weit zu gehen, aber die Worte sind mir herausgerutscht. Er hat mir nicht wirklich den Tod gewünscht? Er hat mich nur gehasst. Gab es da einen Unterschied? Ich kniff mir in den Nasenrücken und spürte, dass ich Kopfschmerzen bekam.

Vielleicht sollte ich mir meine Decke und ein Kissen stehlen und in dem verdammten Schuppen schlafen, dem einzigen Gebäude mit Dach, das ich besaß.

Nun ja, entweder das oder mein Auto, aber mein Auto war in der Ferienanlage, was das Schlafen darin schwierig machte. Das würde mein Plan sein. Ich konnte problemlos in meinem Auto leben. Ich musste nur zurück zum Resort kommen. Das war besser als die Todesdolche, die Jaxson mir entgegenschoss.

Er stellte den Wagen ab und stieß einen schweren Seufzer aus. Ich spürte die Hitze, die Wut und den Stress, der in dem Truck brodelte. Ich wollte nicht herumsitzen und darauf warten, dass er wieder über mich herfällt.

Ich entriegelte die Tür des Trucks, stieß sie auf und schnallte mich ab. Ich drehte meine Beine zur Seite und sprang herunter, als sich die Decke um mich herum verheddert.

Während ich damit kämpfte, bemerkte ich nicht, dass Jaxson um den Truck herum geeilt war.

Sein Körper umklammerte meinen, meine Beine waren fest umschlungen, und er hatte mich praktisch gespreizt. Seine Hände stützten sich an beiden Seiten meiner Hüften auf dem Leder des Trucks ab und hinderten mich daran, zu entkommen.

„Wir müssen reden."

„Es gibt nichts zu reden", sagte ich und drückte gegen seine Brust, um ihn zu zwingen, sich zu bewegen, aber er war zu stark.

Seine Hände kamen hoch, umklammerten meine, drückten meine Hände gegen seine Brust und lehnten sich näher an mich.

„Ich glaube nicht, dass du das ernst meinst", sagte Jaxson.

Ich schaute ihn nicht an. Ich wollte ihm nicht noch mehr von meiner Zeit oder Aufmerksamkeit schenken. „Das tue ich", sagte ich.

„Ich würde nie wollen, dass dir etwas passiert, Sommersprosse." Seine rechte Hand strich über meinen Kiefer und führte mein Kinn nach oben, um seinem Blick zu begegnen. „Ich war ein Idiot, aber nur, weil ich nicht weiß, wie ich das machen soll", sagte er und gestikulierte zwischen uns.

„Was tun?"

„Professionell sein." Er lehnte seine Stirn gegen meine.

Ich schloss die Augen. Ich konnte den Schweiß auf seiner Haut riechen, gemischt mit dem besonderen Duft, der ihn so einzigartig machte.

Seine Finger verschränkten sich in meinem Nacken und brachten meine Lippen näher. Er hielt mich in dieser Position, küsste mich nicht, sondern sog nur meinen Atem ein und stahl mir meine Wut und meinen Schmerz, während ich spürte, wie uns das Bedürfnis überkam.

Ich wollte ihn, aber ich wollte mir nicht das Herz brechen lassen. Nicht schon wieder. Ich könnte es nicht ertragen, wenn es in eine Million winziger Stücke zerbräche.

„Das ist nicht professionell", flüsterte ich. Meine Augenlider flatterten auf, mein Blick war schwer. Jeder Atemzug wurde rasselnd und tief. Ich wollte ihn mehr als alles andere in meinem Leben.

Das Schlimmste daran war, dass ich wusste, was ich verpasst hatte. Ich hatte von der verbotenen Frucht gekostet, und ich wollte mehr.

„Scheiß auf professionell." Seine Lippen pressten sich auf meine, hart und eindringlich vor Verlangen.

Ich umklammerte ihn fester und zog ihn an mich, meine Finger verhedderten sich in seinem Haar, während ich ihn in mir aufnahm. Ich wollte ihn, brauchte ihn, sehnte mich nach dem, was nur er mir bieten konnte.

„Es tut mir leid", flüsterte er und unterbrach den Kuss. Seine weichen und warmen Lippen streichelten meinen Hals, saugten und knabberten an dem empfindlichen Fleisch.

Ich wimmerte. Er wusste genau, was er tun musste, um mir weiche Knie zu machen. Zum Glück saß ich bereits. Ich neigte meinen Kopf und meine Finger führten seine Lippen zurück auf meine, unsere Zungen duellierten sich, sein Körper presste sich eng an meinen. Ich wollte ihn, aber ich hatte Angst, die Worte auszusprechen, nicht nach dem, was passiert war.

Er zog sich leicht zurück, und seine Lippen bahnten sich einen warmen, weichen Weg zu meinem Ohr. „Ich muss dir etwas sagen", flüsterte er.

„Ich will nicht reden", sagte ich und zog seinen Mund wieder auf meinen. Das Reden hat uns in Schwierigkeiten gebracht. Es wurde zu einem Kampf. Das fühlte sich gut an, und ließ meinen Kopf auf eine wunderbare Weise rotieren.

Jede Angst, die mir durch den Kopf gegangen war, verschwand mit seinen Lippen auf meinen.

„Ich habe dir in der Nacht, als ich nach Hause ging, einen Zettel hinterlassen", flüsterte er und drückte mir erneut sanfte Schmetterlingsküsse auf den Hals.

Ich erstarrte, meine Augen weiteten sich, wurden aus dem süßen Moment gerissen und wie ein Gummiband zurückgeschleudert, das mich in die Realität des Geschehens riss.

„Was?" Ich zog mich zurück und legte eine Hand zwischen uns, um ihn aufzuhalten. Ich musste das hören, was auch immer er für wichtig genug hielt, um es mir jetzt mitzuteilen.

„Ich wollte dich nicht wecken, als ich ging, also habe ich dir einen Zettel gekritzelt und ihn an deinen neuen Kühlschrank geklebt. Ich nehme an, du hast ihn nie gesehen." Seine Augen funkelten, und als ich in den tiefblauen Abgrund starrte, konnte ich sehen, dass er die Wahrheit sprach.

Jaxson war kein Mann, der lügen würde, um sich selbst zu retten.

Ich hatte nicht die geringste Ahnung, dass er eine Nachricht hinterlassen hatte. Ich war so wütend auf ihn, weil er weggegangen war, ohne sich zu verabschieden oder eine SMS zu schreiben, dass ich noch wütender auf mich war, weil ich ihm wieder vertraut hatte.

„Das habe ich nicht gewusst", flüsterte ich und starrte ihn an. Ich schloss meine Augen und lehnte meine Stirn an seine.

Ich fröstelte. Mir war zwar nicht kalt, aber die Fahrzeugtür stand schon eine ganze Weile offen und wir hatten die ganze Wärme aus dem Truck herausgelassen.

„Wir sollten dich ins Haus bringen, wo es warm ist", sagte Jaxson.

Ich gab nach und bot ihm meine Hand an, um mir aus dem Truck zu helfen.

Meine Stiefel sanken in den frischen Schnee, als ich ihm wortlos in sein Haus folgte.

Er schaltete den Alarm aus, als wir eintraten, und während ich unsere Feierlichkeiten fortsetzen wollte, eilte Skylar herbei, um uns zu begrüßen.

„Geht es dir gut? Ich habe in den Nachrichten von der Geiselnahme gehört. Weißt du, was sie wollten? Warst du dabei? Ich habe gehört, dass Eagle Tactical hinzugezogen wurde", plapperte Skylar weiter.

Ich konnte mich nicht mit ihr beschäftigen. Ich schaute Jaxson an und deutete auf das Treppenhaus. „Ich werde duschen gehen." Ich musste mich von dem Dreck befreien, der meinen Körper bedeckte.

Ich wollte, dass er sich mir anschließt. Ich hoffte, dass er sich von Skylar wegschleichen und den Weg zu mir ins Bad finden würde. Anders als beim letzten Mal, als er mich vor dem kalten Wasser gerettet hatte, das auf mich niederprasselte, wollte ich, dass es dieses Mal anders war. Ich musste es anders machen.

Ein Blick war alles, was ich ihm geben konnte, um ihm zu zeigen, was ich wollte. Ich musste auf jedes Wort achten, während Skylar im Raum war und Izzie in der Nähe.

Ich wusste nicht, wo sie war und konnte nicht riskieren, dass sie etwas sagte, das mir entschlüpfen würde.

Ich schlenderte zur Treppe, warf ihm einen Blick über die Schulter zu, den besten „Komm her"- Blick, den ich aufbringen konnte, und nickte nach oben.

Ich war es nicht gewohnt, eine sexy Ausstrahlung zu haben.

Würde er den Wink mit dem Zaunpfahl kapieren?

KAPITEL SIEBZEHN

JAXSON

Hatte Ariella mir gerade einen sexy Blick zugeworfen, damit ich zu ihr unter die Dusche komme?

Hatte ich in ihren auffordernden Blick hineingelesen, weil ich wollte, dass sie mich genauso begehrt, wie ich sie begehre?

Skylar stellte eine Frage nach der anderen über das Geiseldrama. Ob jemand verletzt sei, was sie wollten, warum sie Geiseln genommen hätten, ob es Forderungen gäbe - die Liste ging weiter.

Ich war nicht in der Nähe geblieben, um herauszufinden, warum die bewaffneten Geiseln genommen hatten. Es war offensichtlich, dass sie hinter etwas her waren.

Meine Vermutung war Geld, aber sie hatten nicht vor, eine Wagenladung Bargeld aus ihrem Überfall zu erbeuten. Das SWAT-Team kümmerte sich um die Rettung der anderen Geiseln.

Man hatte mir gesagt, ich solle nach Hause gehen und dass unsere Dienste nicht mehr erwünscht seien, nachdem ich Ariella und Hazel gerettet hatte.

Das war nicht gut für unser Unternehmen, aber der örtliche Sheriff schien nicht annähernd so beunruhigt zu sein wie der Leiter des Falles. Wir hatten nicht versucht, den großen Kerlen mit den Abzeichen auf die Füße zu treten oder sie zu beleidigen, aber wir haben getan, was getan werden musste, um unsere Leute zu retten, und ich habe ihnen gesagt, dass ich das alles noch einmal so machen würde.

Das hat mich in Schwierigkeiten gebracht. Ich habe nichts bereut, zumindest nicht, wie es abgelaufen ist.

Ich bedauerte nur, dass ich Ariella verletzt hatte.

Sie wäre noch wütender auf mich, wenn ich nicht mit ihr duschen würde, vorausgesetzt, das war ihre Absicht.

Vielleicht wollte sie, dass ich mich nach oben schleiche, damit wir beenden können, was wir angefangen haben? Oder ich war völlig neben der Spur und sie würde mich sofort zurückweisen, wenn ich mich unangemeldet unter die Dusche begeben würde.

Ja, so sieht sexuelle Belästigung am Arbeitsplatz aus. Das ist ein Fall für die Bücher, aber sind wir mal ehrlich, sie lebte mit mir, ihrem Chef, zusammen.

Es war klar, dass wir einige Grenzen mehr als andere überschreiten würden.

Ich wollte mit ihr die Grenze überschreiten, die uns als Freunde und Profis auszeichneten. Ich war es leid, nur ihr Chef zu sein.

Wenn sie ihr Einverständnis gab, was konnte es schaden, wieder ins Bett zu gehen?

Skylar fuhr fort, darüber zu reden, wie besorgt sie war, dass jeder lokale Sender die Krise im Fernsehen zeigte und dass sie nicht wollte, dass Izzie es sah, aber dass sie es für nötig hielt, es selbst zu sehen.

Ich ertappte mich dabei, wie ich nickte, ihr zustimmte und so tat, als würde ich zuhören, nur um das Gespräch hinter mich zu bringen.

Ich war ein Arsch, das wusste ich, aber Skylar und ich kamen nicht miteinander aus. Das taten wir schon seit Jahren nicht mehr, seit Vater gestorben war. Sie gab mir die Schuld. Ich gab mir selbst die Schuld. Es war eine wirklich tolle Situation.

„Riechst du das?", fragte ich und schnupperte an meinem Hemd. „Ich muss duschen und mich waschen. Ich stinke und ich bin mir sicher, dass niemand diesen Körper riechen will."

Alles, damit sie mich für zwanzig Minuten, vielleicht eine Stunde, in Ruhe lässt.

„Wir müssen reden, Jaxson, wenn du fertig bist." Skylar verschränkte die Arme vor der Brust.

Ich zog meine Schuhe aus und ging auf die Treppe zu. „Sag es einfach." Skylar hat nie um den heißen Brei herumgeredet. Sie war dreist, manchmal sogar ein wenig zu dreist. Seit wann wartete sie für etwas auf eine Erlaubnis?

„Ich bleibe für immer in Breckenridge. Ich habe mich für einen Job beworben und wurde in einem Café in der Stadt eingestellt", sagte Skylar.

„Toll", murmelte ich und stürmte die Treppe hinauf.

„Ich dachte, du würdest dich freuen, dass ich mehr da bin", sagte Skylar.

„Ich sagte toll!", rief ich ihr zurück, als ich die Treppe hinauf eilte. Das Licht im Gästebad war aus und die Tür stand offen.

Hinterhältig.

Sie hatte sich in mein privates Badezimmer geschlichen. Ich schlich in mein Schlafzimmer und bemerkte, dass das Licht im Bad an war und die Tür einen Spalt offen stand.

Ich zog meine Kleidung aus, warf mein Hemd auf dem Boden, meine Hose, meine Boxershorts und zuletzt meine Socken. Ich öffnete nackt die Badezimmertür und hoffte, dass ich ihr Signal nicht missverstanden hatte.

Wollte sie das?

Wollte sie mich?

Ich riss den Vorhang zurück und stieg zu ihr unter die Dusche. Anders als beim letzten Mal, als sie sich auf dem Boden zusammengerollt hatte, stand sie dieses Mal genau so, wie ich es mir vorgestellt hatte, tropfnass unter der Dusche.

Ich kletterte in die dampfende Dusche und zog sie fest an mich. Meine Lippen pressten sich auf ihre. Ich musste sie ganz nah an mir spüren.

Schnell hob ich eines ihrer Beine an und führte mich in ihre Wärme, um mich in ihr zu vergraben.

Ariella stöhnte auf, als ich schnell in sie eindrang. Ihre Fingernägel griffen an meinen Rücken, gruben sich ein und markierten mich.

Ihr Kopf neigte sich nach hinten, ihre Haut errötete. Errötete sie vor Lust oder wegen der Hitze der Dusche?

Dampf umgab uns.

Ich betete, dass das Geräusch des Wassers, das aus der Dusche strömte, unsere Geräusche vor lauschenden Ohren verbarg.

„Fester", grunzte sie in mein Ohr, während ihre Zähne an meinem Ohrläppchen zerrten.

Ich stöhnte auf und versuchte, mich darauf zu konzentrieren, sie zu befriedigen und diesen unglaublichen Moment nicht zu ruinieren.

Ich hob ihre Hüften an, ihre Beine schlossen sich um mich, als ich sie mit dem Rücken gegen die Duschwand drückte. Sie zitterte, mit dem Rücken zum Innenraum.

„Gott, ist das kalt", murmelte sie und zog mich fester an sich, tiefer, und drückte mich runter.

Es kostete mich eine große Menge an Selbstbeherrschung, sie nicht zu enttäuschen. „Wird nicht wieder vorkommen."

„Ich hoffe, das tut es." Ihr Atem kitzelte meinen Nacken, bevor ich ihre Lippen wieder einfing.

Ich wollte es langsam angehen, den unvermeidlichen Moment hinauszögern, aber der Gedanke, sie zu verlieren, hatte mich innerlich zerrissen. Ich hatte heute alle Regeln gebrochen. Nichts davon war wichtig, nur dass wir jetzt hier zusammen waren.

Mein Tempo wurde immer schneller, ich drang immer tiefer in sie ein, weil ich mit ihr eins werden wollte.

Ihr Inneres spannte sich an und ich spürte, wie sie gegen mich zitterte.

Das war die einzige Ermutigung, die ich brauchte. Ich stöhnte und klammerte mich fest an ihren Körper, um diesem Moment in mich aufzunehmen, von ihrem süßen, sexy Duft bis zu den leisen Geräuschen, die sie machte, als wir uns gemeinsam lösten.

Ich wollte nichts davon vergessen, niemals.

Ich stellte das Wasser ab und trug sie zu meinem Bett, legte sie hin, kroch über sie und starrte auf sie herab.

„Du gehörst ganz mir, Sommersprosse." Ich wollte sie für mich beanspruchen und sie für immer als mein Eigentum kennzeichnen. Obwohl ich wusste, dass sie gesund und munter war und sicher in meinen Armen lag, musste ich mir immer wieder einreden, dass sie hier bei mir war und das hier echt war.

Ihr Daumen strich über meinen Kiefer und ich beugte mich hinunter, um meine Lippen auf ihre zu pressen und sie mit einem schmerzhaften Kuss zu erdrücken. Bis heute hatte ich mich noch nie so hilflos gefühlt, als ich von der Geiselnahme hörte und davon, dass sie da drin war, weil ich sie dorthin geschickt hatte.

Schuldgefühle lasteten schwer auf mir.

Ich zog mich zurück, stützte meine Ellbogen auf, um sie anzustarren, während ich meine Hüfte auf ihre legte, sie in die Matratze drückte und mit meinem Körper bedeckte, um sie von der Außenwelt abzuschirmen und zu beschützen.

Ihre Unterlippe kräuselte sich zwischen ihren Zähnen. „Was ist los?", flüsterte ich und weigerte mich, den Blick abzuwenden.

Sie hatte meine ungeteilte Aufmerksamkeit. Ich ließ meinen Daumen über ihre Lippe gleiten und ihr Kiefer entspannte sich, hatte sie überhaupt gemerkt, was sie da getan hatte.

„Du bist mein Boss." Sie starrte mich an, ohne sich zu bewegen. Mit einer Hand streichelte sie die Stoppeln an meinem Kiefer, die andere legte sie auf meinen unteren Rücken. „Noch vor ein paar Tagen hast du ganz klar gesagt, dass Sex tabu ist, dass wir das nicht tun und zusammenarbeiten können.

Ich rollte mich von ihr herunter, legte mich auf den Rücken und starrte verärgert an die Decke. „Ich kann nicht mit dir arbeiten und so tun, als würdest du mir nichts bedeuten."

Ariella rollte sich auf die Seite und zog die Decke um ihre Taille herum hoch. Sie kaute wieder auf ihrer Unterlippe.

Ich beugte mich vor, um sie noch einmal zu schmecken, und um zu wissen, dass sie nicht bereute, was wir gerade getan hatten. Ich konnte nicht mehr so tun, als ob wir nur Freunde wären.

Das sie im Büro war, hatte mich verrückt gemacht. Ich hätte sie am liebsten über meinen Schreibtisch gebeugt.

Dieser Kuss war sanfter, voller Sehnsucht und Verlangen, nicht nur aus Not und aufgestauter Begierde.

„Was soll das heißen?", fragte Ariella. „Ich würde lieber meinen Job aufgeben, als auf dich zu verzichten."

Ich drückte sie fester an mich. Die Jungs würden mich unweigerlich umbringen, aber ich würde nicht zulassen, dass sie das Geschäft oder mich verlässt, es war verdammt schwer, professionell zu bleiben.

„Du wirst das Team nicht verlassen. Du bist jetzt eine von uns." Sie hatte sich bewährt, hauptsächlich heute, als sie Hazel beschützt und sie vor den Männern bewahrt hatte, die sie töten wollten.

„Was schlägst du vor?", fragte sie und starrte auf mich herab. Ihre Finger klopften gegen meine Brust.

Ich zog die Decke um uns herum hoch und vergrub sie zwischen mir und der Wärme der Decken. Ich küsste ihre Wange, ihre Nase und ihre Augenlider und neckte sie. Ich hatte keinen guten Vorschlag. Ich wollte zwar in die Welt hinausschreien, dass sie mir gehörte, aber ich hatte das Gefühl, dass das zu viel für sie war. Ich wollte sie nicht vor den Kopf stoßen.

„Wir gehen es langsam an und behalten das, was gerade passiert, für uns", sagte ich. Es ging niemanden sonst etwas an.

„Glaubst du wirklich, dass du das geheim halten kannst?"

Ich habe schon viele Geheimnisse bewahrt. Das gehörte zu meinem Job. Ich wusste, dass Ariella damit umgehen konnte, weil sie das auch bei der CIA tun musste. „Ja. Warum? Hast du Zweifel?"

Ihre Augen leuchteten fröhlich und sie kicherte, als sie ihre Hüften über meine bewegte. Ihre Hand glitt zwischen die Laken und weckte mich innerlich auf, sodass ich mich wieder lebendig fühlte. „Oh, ich schaffe das schon, aber ich bin mir nicht sicher, ob der mürrische Boss es schaffen wird", sagte Ariella.

Ich schnaubte. „Ist das eine Herausforderung, Sommersprosse?" Durch sie fühlte ich mich wieder wie ein Teenager und mein Körper reagierte sofort auf ihre Berührungen.

Ich war unter ihrer Kontrolle und ihr ausgeliefert.

———

Nachdem wir fast die ganze Nacht wach geblieben waren, um einander zu befriedigen, brach der Morgen an. Ariella war gerade eingeschlafen und ich musste aufstehen und zur Arbeit gehen.

Ich brachte es nicht über das Herz, sie zu wecken. Ich küsste sie, aber ich dachte auch daran, eine Nachricht zu hinterlassen. Beim letzten Mal war alles furchtbar schiefgelaufen, obwohl ich nicht glaubte, dass mein Haus abbrannte, wollte ich auch keine große Katastrophe riskieren.

Ich küsste sie sanft auf ihre Wange.

Sie regte sich, die Augen noch geschlossen, und streckte ihren Arm suchend auf die Matratze. Ich stand angezogen da und war bereit zu gehen.

„Schlaf aus. Ich komme mit dem Mittagessen vorbei und bringe dich gegen Mittag ins Büro. Nur dieses eine Mal darfst du später kommen, auf Anweisung des Chefs."

Ihre Augen öffneten sich träge. „Bist du sicher? Ich möchte keine Sonderbehandlung."

„Wirklich?" Ich sah sie grinsend an, beugte mich vor und küsste sie erneut. „Das ist nicht das, was du letzte Nacht gestöhnt hast."

Ihre Augen schlossen sich träge, aber das Lächeln verließ ihr Gesicht nicht. Sie stöhnte leise. „Ja, du hast recht. Aber nicht vergessen, sag es den Jungs nicht."

„Du hast mein Wort." Ich würde unser kleines Geheimnis für mich behalten, zumindest so lange, bis ich wusste, dass die Jungs Ariella keine Schwierigkeiten machen würden.

Ich konnte damit umgehen, dass sie mich belästigten. Was ich nicht wollte, war, dass sie mich unter Druck setzten, die Beziehung zu beenden oder sie aus dem Job zu entlassen.

Ich drückte ihr einen letzten Kuss auf die Stirn, bevor ich mich leise aus dem Schlafzimmer schlich und die Tür schloss. Ich eilte in die Küche und benötigte eine starke Tasse Kaffee, um mich wachzuhalten.

„Morgen", sagte Skylar. Sie saß am Küchentisch und las die Zeitung.

Ich ging durch die Küche, nahm einen Becher und goss mir eine dampfend heiße Tasse Kaffee ein. Ich konnte das angenehme Aroma bereits riechen und wollte es schmecken.

Ich sehnte mich nach der ersten Tasse, die mich wach machte. Das Letzte, was ich wollte, war, auf dem Weg zur Arbeit von der Straße abzukommen.

Izzie hatte ausgeschlafen, was ungewöhnlich war, aber nicht ungewöhnlich, wenn sie einen anstrengenden Tag hatte.

Ich hatte in letzter Zeit nicht genug Zeit mit meiner Tochter verbracht, und ich würde mehr Zeit mit Skylar verbringen, wenn sie nach Breckenridge ziehen würde.

„Seid ihr zwei jetzt zusammen?", fragte Skylar. „Ich habe euch die ganze Nacht gehört, wie ihr das verdammte Bett gequietscht habt. Ich musste Kopfhörer aufsetzen, um den Lärm zu übertönen."

Ich hob meine Tasse an die Lippen und nahm einen langen Zug von meinem Kaffee.

Ich versuchte, das Lächeln zu verbergen, das sich auf mein Gesicht legte. Vielleicht würde sie aus meinem Haus ausziehen, wenn wir sie mit lautem, unausstehlichem Sex auf Trab hielten.

„Was?", fragte ich und tat so, als ob ich sie nicht gehört hätte. Ich wischte mir das Lächeln aus dem Gesicht und stellte den Becher auf den Tresen.

„Ihr zwei habt die ganze Nacht Stiefel geklopft", sagte Skylar. Das war keine Frage.

„Daddy!", quietschte Izzie und stapfte die letzten Stufen herunter. Ihre Haare waren durcheinander und sie hatte ihren Schlafanzug noch an, aber sie war ein süßes Mädchen.

„Guten Morgen, meine Kleine." Ich hob sie in meine Arme, drehte sie herum und gab ihr Umarmungen und Küsse. Ich hatte sie so sehr vermisst und war mehr auf Skylar angewiesen, als ich zugeben wollte.

„Titten klopfen, Daddy. Ich will Möpse klopfen."

Skylars Gesicht wurde purpurrot, sie ließ den Kopf hängen und verdeckte ihr Gesicht mit den Händen.

„Stiefel", sagte ich und korrigierte Izzie. „Und das ist keinWort, das wir benutzen." Sie war klug genug, um zu verstehen, dass es nicht nett war, wenn ich ihr das sagte. Ich brauchte nicht weiter darauf einzugehen, schließlich war sie erst drei Jahre alt.

„Komm schon, wir ziehen dich an." Ich setzte sie auf dem Boden ab, und sie ergriff meine Hand um mich mit nach oben zu ziehen.

Ich bemühte mich, leise zu sein, weil ich Ariella nicht wecken wollte.

Ich folgte Izzie in ihr Schlafzimmer, schaltete das Licht an und ging eilig zur Kommode. Ich musste ins Büro gehen und herausfinden, was mit Mason und Hazel los war.

Ging es ihnen gut?

Ich wollte mich schon gestern mit Franco treffen, aber nachdem er im Resort aufgehalten worden war, vermutete ich, dass er heute vorbeikommen würde. Wir mussten ihn als Kunden ablehnen. Wir konnten Hazel auf keinen Fall ausliefern, obwohl ich Franco genau unter die Lupe genommen hatte, rechnete ich nicht damit, auf die Mafia zu stoßen.

Wir hatten in der Vergangenheit mit Kriminellen zu tun, mit Fällen von häuslicher Gewalt und Straftätern, aber die Mafia, das war neu. Ich wollte mit den Jungs besprechen, wie wir vorgehen wollten, bevor Franco oder seine Schläger bei Eagle Tactical auftauchten. Wir benötigten einen Plan, ihm zu sagen, dass wir den Job nicht annehmen würden, schien nicht ausreichend zu sein.

Ich öffnete die Schubladen der Kommode und holte ein Outfit für Izzie heraus. Als ich sie gerade anziehen wollte, klingelte mein Handy.

Ich nahm den Anruf entgegen und hielt mit der Schulter das Handy an mein Ohr. „Hey, ich bin gleich im Büro", sagte ich, als ich Declans Nummer auf meinem Handy sah.

„Hast du heute Morgen die Nachrichten gesehen?", fragte Declan.

Mein Magen sackte zusammen. „Nein. Ist alles in Ordnung? Hat Mason eingecheckt?" fragte ich. Ich hatte nicht mit ihm darüber gesprochen, wohin er Hazel bringen würde, aber ich nahm an, das es das Grundstück seines Onkels in North Dakota war. Das Team hatte sich dort schon öfter zu einem Anlass getroffen.

. . .

„Mason geht es gut, soviel ich weiß. Hier geht es um Ariella", sagte Declan.

Ich beeilte mich, als ich Izzie ankleidete und warf einen Blick auf das Schlafzimmer auf der anderen Seite des Flurs. „Was ist mit ihr?"

Gab es noch ein weiteres Geheimnis, das sie nicht preisgegeben hatte und mit dem ich jetzt geschlagen werden sollte?

Wie viel konnte ich noch ertragen?

„Erinnerst du dich an Benjamin Ryan?"

„Ja, er ist ihr Ex-Mann", sagte ich. Ich wusste von ihm. Der Bastard hat meine Ersparnisse gestohlen.

„Die Staatsanwaltschaft hat die Anklage gegen ihn fallen lassen und er wurde aus dem Gefängnis entlassen", sagte Declan. „Es hat sich herausgestellt, dass er nichts damit zu tun haben kann, denn die digitale Spur führt zu einer Verbindung in einen anderen Staat außerhalb von New York. In den Nachrichten gibt es ein Interview, in dem er gefragt wird, was er als Nächstes mit seinem Leben vorhat."

Ich schluckte den Kloß in meinem Hals herunter. Izzie war angezogen, aber ihre Kleidung passte nicht zusammen. Ich war zu sehr damit beschäftigt gewesen,

Declan zuzuhören, als ich bemerkte, dass es nicht zusammenpasste was ich ihr angezogen hatte.

„Lässt du mich gerne hängen?" Ich schnitt eine Grimasse, nahm ihre Hand und führte sie aus dem Schlafzimmer und zurück ins Treppenhaus.

„Er kommt zurück, um seine Frau, Ariella Ryan, zu holen."

KAPITEL ACHTZEHN

Hazel

Ich hatte meinen Kopf gesenkt und es vermieden, Franco während der Geiselnahme anzuschauen. Ich konnte immer noch seinen fauligen Atem spüren, als er mich vor Kurzem geküsst hatte, bevor er mich auf den Rücksitz seines Autos warf.

Ich wusste nicht, wohin Mason und ich fuhren. Wir waren schon seit Stunden unterwegs und ich war für eine Weile eingeschlafen. Die Bequemlichkeit des Wagens und die Tatsache, dass ich mich entspannen konnte, hatten ausgereicht, um mich in den Schlaf zu wiegen.

Ich rieb mir die Augenlider, rührte mich und bewegte mich im Truck.

Draußen war es immer noch dunkel. Ich warf einen Blick auf die Uhr im Fahrzeug. Es war kurz nach Mitternacht.

„Wie geht es dir?", fragte Mason.

„Ich bin nur müde, sonst geht es mir gut", sagte ich. Meine Finger spielten mit der weiß goldenen Halskette, ich zerrten an der Kette und drehten sie auf meinem Zeigefinger.

„Wir sind fast da. Sobald wir drinnen sind, mache ich uns etwas Leichtes zu essen, bevor wir ins Bett gehen."

„Ich bin nicht sehr hungrig." Obwohl mein Magen knurrte, glaubte ich nicht, dass ich viel essen könnte. Die letzten zwei Tage waren anstrengend, und ohne viel Schlaf war der Gedanke an Essen nicht sehr verlockend.

Er fuhr eine Schotterstraße hinunter und wirbelte dabei Dreck und Staub auf. Wo zum Teufel hatte er mich hingebracht? Hatten sie einen Unterschlupf?

Mason sagte kein Wort, sondern konzentrierte sich die letzten Kilometer auf die Straße, bis wir vor einem zweistöckigen, rustikalen Haus auf einer Farm hielten.

„Wir sind nicht mehr in Montana, oder?" Ich hatte keine Berge gesehen, aber es war dunkel.

„North Dakota. Meinem Onkel gehört die Farm und ein ganzes Stück Land hier draußen. Er hat viel Platz, aber er ist nicht sehr freundlich zu Fremden. Es wäre am besten, wenn wir so tun, als wären wir ein Paar."

Ich schnaubte. Das konnte nicht sein Ernst sein.

Er stellte den Motor ab und schloss die Tür des Trucks auf.

„Du machst Witze. Oder?" fragte ich, kletterte aus dem Fahrzeug und folgte ihm zur Haustür.

Ich hatte keine Kleidung oder Besitztümer bei mir, außer den Kleidern auf meinem Körper. Alles, was Ariella freundlicherweise für mich gekauft hatte, befand sich im Resort.

Seine Hand lag auf meinen Rücken, als er mich die Verandatreppe hinaufbegleitete. „Ich meine es ernst. Wenn wir hier bleiben wollen, müssen wir ihn davon überzeugen, dass wir es ernst miteinander meinen."

„Toll", murmelte ich leise vor mich hin. Es war nicht so, dass ich keine Gefühle mehr für Mason hegte, ganz im Gegenteil.

Ich hatte mich ihm praktisch an den Hals geworfen, und er hatte mich abgewiesen, weil er sich Sorgen um seinen Ruf machte?

Ich schlurfte mit den Füßen, als ich das Gewicht seiner Hand auf meinem Rücken spürte. Seine Berührung war fest und besitzergreifend, und unter anderen Umständen hätte ich gerne so getan, als wäre ich seine Freundin. Heute hatte ich nicht den Mut dazu und nicht das Durchhaltevermögen, jemand anderes zu sein.

Erschöpfung überkam mich und ich stolperte, als ich auf unsicheren Füßen stand.

Masons Arm schlang sich um meine Taille. „Whoa. Geht es dir gut?" Er hielt mich fest.

Ich nickte und rieb mir die Augen. „Ich schätze, ich bin noch sehr müde und noch nicht ganz wach."

Das war eine Lüge.

Ich litt, wenn ich nicht genügend schlief, und in den vergangenen zwei Tagen hatte ich nicht genug Schlaf bekommen, um mich als ansehnlich zu bezeichnen.

„Wir werden dich bald ins Bett bringen", sagte Mason.

Sein Atem an meinem Hals ließ mich erschaudern. Ich hoffte, er konnte meine Reaktion nicht spüren. Er drückte mich fest an sich, als ein Hund auf der gegenüberliegenden Seite der Tür laut bellte und schwere Schritte auf die Tür zustapften.

Es dauerte eine Weile und schließlich zog er die Holztür auf, während die Sturmtür immer noch geschlossen und verriegelt war.

„Mason?" Der Mann war dreißig Jahre älter als Mason, aber sie sahen sich so ähnlich: die Augen, die Kieferpartie, sogar der Körperbau. Sie hätten fast Brüder sein können. „Was machst du hier mitten in der Nacht?"

Er schloss die Sturmtür auf.

Der Fremde starrte mich an, aber er ließ uns eintreten.

Ein braun-weißer Mischlingshund begrüßte mich enthusiastisch, sprang auf und wedelte mit dem Schwanz.

„Runter, Bear!", befahl er.

Bear musste achtzig Pfund wiegen, hatte eine schöne Farbe und braune Sommersprossen auf ihrem weißen Gesicht. Ihre Nase war goldbraun und passte zu ihrem Fell. „Sie ist wunderschön", sagte ich, während ich ihren Kopf streichelte und sie sich an mich lehnte, damit ich sie noch mehr streichle und mit ihr kuschle.

Mason schloss seinen Onkel in die Arme. Ich wimmerte und vermisste bereits Masons Berührung und seinen Halt. Er umarmte mich schnell, bevor er seinen Arm wieder um meine Hüfte schlang und mich fest an sich zog.

Wollte er seinen Onkel davon überzeugen, dass wir ein Paar sind?

„Bear mag dich wirklich", sagte sein Onkel. „Sie mag nicht viele Leute."

Das konnte ich bei ihrer Veranlagung kaum glauben, aber vielleicht gab es ja auch nicht so viele Leute, die zu seiner Farm kamen.

„Onkel Jeb, das ist meine Freundin Hazel", sagte Mason. „Wir wollten eigentlich anrufen, aber du weißt ja, wie schlecht das Telefonsignal hier draußen ist.

Onkel Jeb winkte abweisend mit der Hand. „Es ist besser, die Telefone nicht zu benutzen. Du weißt, dass die Dinger ständig überwacht werden. Keiner hat mehr eine Privatsphäre."

Er schloss die Eingangstür hinter uns ab und verriegelte sie. Es waren mehrere Riegel an der Tür angebracht.

„Du hast mir nicht gesagt, dass du eine Freundin hast", sagte Onkel Jeb.

Mason drückte mich fest an sich. Seine Körperwärme strahlte von ihm auf mich ab. Ich lehnte mich in seine Berührung und seine starke Umarmung.

„Wir haben uns vor Kurzem wiedergetroffen", sagte Mason. „Wir kannten uns schon aus dem Internat und waren als Kinder zusammen."

Onkel Jeb's Augen leuchteten auf. „Ich erinnere mich an Hazel. Sie war das Beste, was dir je passiert ist. Sie hat dich aus Schwierigkeiten herausgehalten."

War es das, was er zu seiner Familie sagte, wenn er über mich sprach? Ich legte eine Hand auf seine Brust. Es war nicht schwer, in die Rolle seiner Freundin zu schlüpfen. Ich wollte seine sein. „Mason war auch das Beste, was mir im Internat passiert ist", sagte ich.

Ich wollte weder Mason noch seinem Onkel schmeicheln. Ich habe nur die Wahrheit gesagt.

Mason legte seinen Mantel und seine Schuhe ab und stellte sie im Eingangsbereich des Hauses ab. Ich tat das Gleiche und folgte seinem Beispiel. „Ich hoffe, es macht dir nichts aus, aber wir haben noch nichts gegessen. Ich hatte gehofft, dass ich mir vor dem Schlafengehen noch etwas in der Küche zubereiten kann", sagte Mason.

„Tu dir keinen Zwang an. Mein Haus ist dein Haus, mein Sohn. Ich werde die Laken im Gästezimmer wechseln, während du deiner Lady etwas zu essen machst."

Wir hängten unsere Mäntel auf und stellten unsere Schuhe auf die Matte neben der Tür. Mason hielt meine Hand fest und forderte mich auf, ihm in den Flur und in die Küche zu folgen.

Er knipste den Lichtschalter an und tauchte die Küche in helles Tageslicht, der von den Glühbirnen über uns ausging.

Ich zog eine Grimasse, schloss die Augen und versuchte, mich daran zu gewöhnen. Das Foyer war nicht übermäßig hell gewesen, aber die Küche blendete mich.

Mason legte einen weiteren Schalter um und beleuchtete nur die halbe Küche. „Besser?"

„Danke." Ich ließ seine Hand los und schlenderte zum Tresen hinüber, um mich auf einen der Hocker zu setzen. „Ich weiß nicht, wie viel ich essen kann. Schlafen, das schaffe ich." Ich unterdrückte ein Gähnen. Allein der Gedanke an Schlaf machte mich noch müder.

„Ich verspreche dir, dass ich dich ins Bett bringe, sobald wir mit dem Essen fertig sind."

Ich strich mir eine Haarsträhne hinters Ohr. Mason starrte mich an, sodass mir der Magen umkippte. Wollte er mich wirklich ins Bett bringen, oder sagte er das nur, um seinen Onkel zu beeindrucken?

Sein Onkel Jeb war uns nicht in die Küche gefolgt, aber das hieß nicht, dass er nicht zugehört hatte. Er war nur ein Zimmer weiter, am Ende des Flurs. Ich wusste nicht, wo im Haus sich das Gästezimmer befand, von dem er gesprochen hatte. Ich hatte keine Schritte auf der Treppe oder im Flur gehört.

Ich stützte meine Ellbogen auf den Tresen und meinen Kopf in die Hände und versuchte, wach zu bleiben.

„Du schläfst bei deinem Essen ein, genau wie Izzie, nicht wahr?", sagte Mason mit einem breiten Grinsen auf dem Gesicht.

Ich wusste nicht, wer Izzie war oder worauf er sich bezog. „Was?"

„Jaxsons Tochter." Er schüttelte den Kopf, wobei das Lächeln sein Gesicht nicht verließ. „Du erinnerst mich einfach an jemanden, wenn du müde bist."

Ich murmelte, unfähig, in ganzen Sätzen zu antworten. Ich wollte einfach nur schlafen. Ich schloss für einen kurzen Moment die Augen, um mich zu entspannen, als ich einen warmen Arm auf meinem Rücken spürte und auf meinem Sitz aufsprang.

„Entspann dich", sagte Mason. Er legte einen Arm um meine Schulter. „Ich habe uns ein Sandwich gemacht. Ich möchte, dass du etwas isst, bevor wir unter die Decke kriechen."

Ich schluckte den Kloß in meinem Hals hinunter. Wollten wir wirklich ein Bett teilen? Stunden zuvor hatte ich es noch gewollt, aber er hatte mich abgewiesen. Jetzt mussten wir so tun, als ob wir verliebt und zusammen waren.

„Komm schon. Du musst etwas essen." Mason hatte sich ein Sandwich zubereitet. Er setzte sich auf den Hocker neben mich und nahm einen Bissen von seiner Erdnussbutter mit Marmelade.

Ich warf einen Blick auf das Erdnussbutter-Bananen-Sandwich, das er für mich gemacht hatte. Als wir Kinder waren, war das mein Lieblingsbrot gewesen. Er erinnerte sich. Ich war nicht hungrig, aber ich hob das Brot an meine Lippen und nahm einen Bissen, um ihn zu besänftigen.

Es dauerte ewig, bis ich das Sandwich aufgegessen hatte. Die Zeit schien stillzustehen, denn ich war müde und bereit fürs Bett. Mit schweren Augen aß ich den letzten Bissen auf und schluckte ein Glas Wasser hinunter.

„Ich verspreche dir, morgen mache ich uns beiden etwas Nahrhafteres", sagte Mason. Er räumte das Geschirr ab, spülte unsere beiden Teller in der Spüle ab und trocknete sie dann ab.

Ich stand auf, wackelig vom Schlafmangel. „Ich kann beim Abtrocknen helfen", bot ich an. Ich ging um den Tresen herum zur Spüle und schnappte mir ein Geschirrtuch, um die Teller abzutrocknen, nachdem er jeden einzelnen gespült hatte.

„Danke", sagte Mason. „Sobald wir fertig sind, bringe ich dich nach oben und ins Bett."

Ich leckte mir über die Lippen. Hatte er vor, mit mir das Bett zu teilen? Ich war mir nicht sicher, wie traditionell sein Onkel war, ob er es gutheißen oder beleidigt sein würde, wenn wir im selben Schlafzimmer schlafen würden.

„Was?", fragte er.

Ich schüttelte den Kopf, ein müdes Lächeln auf dem Gesicht. „Ich habe nichts gesagt."

„Nein, aber du denkst es."

„Woher weißt du, was ich denke? Seit wann bist du ein Gedankenleser?" fragte ich.

Er stellte das Wasser ab, als ich den letzten Teller abtrocknete und ihn auf den Trockenständer stellte. Ich wusste nicht, wohin ich das Geschirr stellen sollte.

Mason nahm das Geschirrtuch, faltete es zusammen, nahm dann meine Hand und führte mich die Treppe hinauf. Wortlos folgte ich ihm und war bereit, dort zu schlafen, wo er mich hinbrachte.

Oben angekommen, öffnete er die zweite Tür auf der rechten Seite, schaltete das Licht an und führte mich hinein.

Eine einzelne Matratze im Queensize-Format stand in dem Raum. Die Bettdecke war zurückgezogen, und mehrere Kissen waren aufgeplustert und für die Gäste bereitgelegt worden.

„Wo schläfst du?", fragte ich.

Er schloss die Schlafzimmertür. „Bei dir natürlich", sagte Mason. Er zog sich sein T-Shirt über den Kopf und öffnete dann seine Gürtelschnalle, um seinen Gürtel zu lösen.

Ich stand wie erstarrt da und sah zu, wie er sich auszog.

Hatten wir wirklich ein gemeinsames Bett? Wir hatten Dutzende Nächte nebeneinander geschlafen, uns in den Schlafsaal des anderen geschlichen und den Rauswurf riskiert, aber die Anzahl der Male, die wir tatsächlich Sex hatten, konnte ich an einer Hand abzählen.

Er öffnete die Kommode und warf mir ein T-Shirt zu. „Du kannst das im Bett anziehen, wenn du willst. Es gehört mir. Ich habe ein paar Sachen hier gelassen, falls ich Onkel Jeb einen Besuch abstatte."

„Bringst du alle deine Freundinnen mit hierher?", fragte ich. Ich wollte nicht eifersüchtig wirken, aber die Art und Weise, wie Mason darauf bestanden hatte, dass sein Onkel mir nicht trauen würde, wenn wir nicht zusammen wären, beunruhigte mich. „Dreh dich um", sagte ich.

„Was?"

„Ich werde mich nicht vor dir ausziehen. Dreh dich um."

Mason rollte mit den Augen und drehte sich dann zur Tür um.

Ich zog mich schnell aus, wobei ich zufällig Masons Sweatshirt trug, das ich angezogen hatte, um nicht aufzufallen. Ich schlüpfte in sein T-Shirt und ließ mein Höschen an, bevor ich unter die Decke kroch.

„Okay, du kannst dich umdrehen", sagte ich. Er zog seine Jeans aus, faltete seine Kleidung zusammen und legte seine Sachen auf die Kommode, bevor er das Licht ausschaltete und sich nur mit einem Paar Boxershorts bekleidet zum Bett schlich.

Ist der Raum wärmer geworden?

„Du hast meine Frage nicht beantwortet", sagte ich. Meine Augen verließen seinen Körper nicht. Er sah halb nackt heiß aus, und auch angezogen sah er unglaublich gut aus. Es war ein Wunder, dass sich nicht schon eine Frau um ihn gerissen hatte.

„Was die Freundinnen angeht? Du bist die einzige Person, die ich hierher gebracht habe, die nicht zu meinen Militärkameraden gehört, den Jungs von Eagle Tactical."

Mason kroch unter die Decke und ließ mir viel Platz auf meiner Seite des Bettes.

Er war ein Profi. Selbst wenn wir ein Bett teilten und so taten, als wären wir zusammen, behielt er seine Hände bei sich.

Ich stöhnte auf und wälzte mich unruhig im Bett herum.

„Was ist los?" Masons sanfte Stimme empfand ich als unglaublich beruhigend.

Seine Hand streifte meine Brust, bevor sie sich an meine Seite legte. War es ein Versehen in der Dunkelheit gewesen oder wollte er mich intim berühren?

„Abgesehen davon, dass ich erschöpft bin?"

„Na gut. Lass uns schlafen schlafen", sagte er. Seine Lippen streiften meine Wange und drückten einen sanften, weichen Kuss auf meine Haut.

„Du musst dich hier drin nicht verstellen. Es gibt nur dich und mich."

Sein Onkel konnte uns in der Privatsphäre des Schlafzimmers nicht sehen. Er musste nicht vorgeben, dass er mit mir zusammen sein wollte. Er hatte mich heute schon einmal abgewiesen. Ich hatte nicht vor, mich ihm noch einmal an den Hals zu werfen.

„Ich würde mich nie verstellen. Ich meine, abgesehen von Onkel Jeb, aber das liegt nur daran, dass er paranoid ist, was die Regierung angeht und was ich beruflich mache."

Seufzend rollte ich mich auf der Seite zusammen und schloss die Augen. Ich war mir nicht sicher, wie lange ich noch wach bleiben würde. „Er hat nicht Unrecht.

Ich meine mit dem, was du tust, die Gefahr, die dich verfolgt."

Ich war ein Teil dieser Gefahr, er riskierte sein Leben, ich rief ihn um Hilfe, um mit Franco fertig zu werden.

Würde ich jemals wieder ein normales Leben führen können, oder würde ich gezwungen sein, unterzutauchen oder ins Zeugenschutzprogramm zu gehen?

„Ich kann mich selbst verteidigen", sagte Mason. „Außerdem wird dir nichts passieren, solange ich bei dir bin."

Er war so zuversichtlich in seiner Antwort. Ich fand Trost in seinen Worten. Ich rutschte auf dem Bett hin und her und rückte näher an ihn heran. Ich berührte ihn zwar nicht, aber ich streifte ihn, und das Wissen, dass er neben mir war, beruhigte mich.

„Du vertraust Onkel Jeb?"

„Mit meinem Leben", sagte Mason. „Er wird auch nicht zulassen, dass dir etwas zustößt. Geh schlafen." Seine Lippen streiften noch einmal meine Wange, bevor sich das Bett verschob und er mich in seine Arme nahm.

Ich öffnete den Mund, um Einspruch zu erheben, und um darauf hinzuweisen, dass das nicht professionell war, aber es kostete mich zu viel Energie und Ausdauer, die ich nicht hatte, um mit ihm zu kämpfen. Ich ließ zu, dass er mich hielt und beschützte.

Meine Beine verschränkten sich mit seinen und zogen ihn näher an mich heran, die Hitze unserer Körper weckte Begehrlichkeiten, die sich in mir verstärkten. Ich konnte ihn nicht haben. Er gehörte mir nicht. Nicht mehr.

———

Ich wachte auf und war erschrocken. Bear bellte unten lautstark. Mein Körper erstarrte, die Lichter waren aus, der Himmel noch dunkel.

Ich wusste nicht, wie viel Uhr es war, aber ich fühlte mich schon viel besser und ausgeruhter. Ich hatte eine Weile geschlafen.

Ich streckte die Hand nach Mason aus, aber er war nicht mehr im Bett. „Mason?" flüsterte ich in die Dunkelheit, da ich ihn nicht sehen konnte.

Er antwortete nicht. Vielleicht war er unten und hatte Bear erschreckt?

Aus dem unteren Stockwerk ertönten Schüsse.

KAPITEL NEUNZEHN

MASON

Ich war aufgeschreckt worden, aber wovon, das wusste ich nicht. Hazel schlief fest und rollte sich auf der Seite zusammen.

Ich löste mich aus ihrer Umklammerung und griff leise nach meiner Waffe, die auf der Kommode unter meiner Hose steckte.

Als ich aus dem Schlafzimmer kam, stand Onkel Jeb mit der Schrotflinte in der Hand im Flur.

Seine Augen waren eng und schmal, er konzentrierten sich auf das Gleiche wie ich und lauschten auf das, was uns beide geweckt hatte.

Mein Onkel hatte vor vielen Jahren bei den Marines gedient. Ich gab ihm Handzeichen, da ich keinen Laut von mir geben wollte.

Ein Bär heulte von unten, und ich beeilte mich, mit gezogener Waffe so leise wie möglich die Treppe hinunter zu rennen.

Ich musste Hazel beschützen, und das ging am besten, wenn sie oben blieb und nicht in Gefahr geriet.

Onkel Jeb folgte mir mit seiner Schrotflinte dicht auf den Fersen.

Ich wollte ihm nicht sagen, dass er mehr Feuerkraft brauchen würde, wenn die Männer, die hinter Hazel her waren, auftauchen würden. Wie hatten sie uns gefunden? Ich war vorsichtig und hatte darauf geachtet, dass niemand meinen Truck beschattet hatte.

Hatte das Fahrzeug oder Hazel einen Peilsender?

Ich hatte ihr den Armreif gegeben, aber es gab keine Möglichkeit, dass sie sich in unseren Tracker hacken konnten. Ich hatte Vertrauen in unsere Ausrüstung und die Sicherheitsmaßnahmen, die wir zu ihrer Sicherheit getroffen hatten.

Bear knurrte und bellte. Der süße Hund war darauf trainiert worden, anzugreifen. Sie hatte die Gefahr genauso gespürt wie wir.

Onkel Jeb kam an meine rechte Seite, während ich links flankierte und den Flur hinunterging. Wir ließen zu unserem Vorteil das Licht aus. Mein Onkel kannte sein Haus im Dunkeln, und ich hatte schon so viele Sommer dort verbracht, dass ich mit dem Grundriss vertraut war.

Draußen fielen Schüsse aus allen Richtungen und feuerten auf das Bauernhaus. Ich ging auf dem Boden in Deckung. Ich konnte nirgendwo anders hin. Ich kroch auf dem Bauch zum Fenster. Als der Beschuss nach mehreren langen Schüssen aufhörte, steckte ich den Kopf hoch, um zu sehen, was uns erwartete.

Vor dem Haus standen Dutzende Fahrzeuge mit eingeschalteten Lichtern und laufenden Motoren.

Ich brauchte mehr Arbeitskräfte.

Selbst wenn ich Hazel eine Waffe geben würde, wäre das nicht genug. Ich eilte die Treppe hinauf und stieß die Tür auf.

Sie stand in der Mitte des Schlafzimmers, zog sich das Sweatshirt über und zog sich an. Ich packte ihren Arm und zog sie zu mir. „Wir müssen dich hier herausbringen. Das ist ein Blutbad."

Ich würde nicht warten, bis sie kommen und sie mitnehmen.

Onkel Jeb schoss seine Waffe ab. Bei jedem Schuss musste er nachladen, was uns wertvolle Zeit kostete.

Die Kugeln schlugen durch das Haus und rissen die Wände ein. Die Männer draußen hatten keine Schrotflinten oder Pistolen. Sie hatten halb automatische Waffen und mussten nicht so oft nachladen.

Der erste Schuss hatte sich durch den ersten Stock gebrannt. Nachdem sie nachgeladen hatten, zielten sie nun wahllos auf die obere Etage und zerstörten jeden Zentimeter des Hauses, um sicherzustellen, dass es keine Überlebenden gab.

Ich schützte Hazel, bedeckte sie mit meinem Körper, während ich über ihr auf dem Boden lag. Holz- und Glassplitter schnitten in meine Haut.

Meine Arme brannten, und Blut tropfte von meiner Wange. Ich ignorierte den Schmerz. Das Einzige, was zählte, war, dass ich sie hier lebendig herausbrachte.

Die Schüsse hörten auf, und ich packte Hazel am Arm und hob sie auf die Füße. Sie zitterte in meinem Griff.

„Wir müssen weiter." Ich führte sie die Treppe hinunter, meine Hand in ihrer, während ich sie mit mir zog und sie dicht an meinen Körper drückte.

Die Scheinwerfer der Fahrzeuge draußen leuchteten durch die Einschusslöcher ins Innere des Bauernhauses.

Onkel Jeb saß auf dem Boden und war zusammengesackt. Blut tropfte aus seiner Brust und seinem Hals, während er nach Luft rang. „Bringt sie... weg von hier."

„Alle rein! Durchsucht das Haus. Ich will sie tot oder lebendig", schrie Franco seine Befehle den Männern draußen zu.

Ich schleppte Hazel mit mir in die Waschküche. Unter dem Boden befand sich eine Scheintür. Ich zog an dem Brett und öffnete die Luke. „Steig ein."

Sie schüttelte heftig den Kopf und verschränkte die Arme vor der Brust. Sie hatte schon vorher gezittert, aber jetzt zitterte sie noch heftiger.

Ich fuhr mit einer Hand über ihre Wange. Ich hatte kein Blut an ihr gesehen, nur ein paar Schnitte und Schrammen von den Kugelsplittern.

„Ich kann nicht."

„Du musst aber." Uns lief die Zeit davon. Sie musste sich verstecken, und dann musste ich die Falltür abdecken, um sie zu schützen. Ich hatte keine Zeit, mir zu überlegen, wie ich mit den Männern umgehen sollte, wenn sie ins Haus stürmten.

„Ich habe Klaustrophobie", sagte sie.

„Verdammt. Dann musst du eben rennen." Ich betete, dass die Männer alle durch den Vorder- und Hintereingang kommen würden. Ich eilte zur Seite des Hauses, weg von den Türen, und benutzte meinen Ellbogen, um die Glasscherben wegzuräumen, die nicht ganz zerbrochen waren und in das Feuergefecht fielen.

Ich konnte keine Männer sehen, aber ich konnte sie hören. Ich half Hazel zusammen mit Bear durch das Fenster und hoffte, dass sie Hazel beschützen würde.

Männer kamen mit gezogenen Waffen durch das Haus gestürmt. Ich eilte aus dem Zimmer, denn ich wollte Hazels Aufenthaltsort nicht an die Männer verraten, die nach ihr suchten.

Ein dicker russischer Akzent durchdrang den Raum. „Wo ist sie?"

Onkel Jeb hustete und keuchte. Ich konnte sein Ringen hören.

Ich schlich um die Ecke des Raumes, drückte mich an die Wand und sah, wie ein Mann meinen Onkel überragte.

Ein anderer Mann drückte seinen Fuß auf die Brust meines Onkels, sodass ihm das Atmen schwerfiel.

Ich hob den Lauf meiner Waffe und gab mehrere Schüsse ab, die die Männer trafen, bevor ich durch das dunkle Haus verschwand und mich im Esszimmer vor ihnen versteckte.

Die Kugeln schossen durch das Bauernhaus, bohrten sich in meinen Arm und verbrannten mich wie Lava, die mein Fleisch versengte. Ich zuckte zusammen und biss mir auf die Zunge, um mein Stöhnen zu unterdrücken. Keiner durfte wissen, wo ich mich versteckt hatte.

Es war nicht meine erste Schusswunde, aber sie brannte nicht weniger. Das Blut tropfte an meinem Arm herunter und erschwerte es mir, mit beiden Händen zu zielen, und der Mistkerl hatte meinen guten Arm getroffen.

„Wir haben sie!", ertönte eine Stimme von draußen.

Ich stolperte nach vorn. Warum hatte sie sich nicht gewehrt? Ich hörte nicht einmal einen Schrei über ihre Lippen kommen.

Schwere Stiefel zogen sich durch das Haus zurück, aber nicht ohne eine letzte Welle von Kugeln abzufeuern. Ich sprang in Deckung. Eine zweite Kugel schlug in meiner Brust ein und warf mich zu Boden, unfähig, mich zu bewegen.

Ich versuchte, aufzustehen, mich vom Boden zu erheben und zu kämpfen. Zentimeter für Zentimeter schleppte ich mich über den Boden des Esszimmers und dann in den Korridor.

Eine Blutspur folgte mir über den Holzfußboden. Ich würde nicht zulassen, dass Hazel mit Franco fortgeschleift wird.

Autotüren knallten zu, Scheinwerfer verblassten, Reifen quietschten und Fahrzeuge rasten vom Bauernhaus weg.

Sie war weg, und ich war schuld daran.

Ich war nicht in der Lage, sie zu retten oder zu beschützen.

KAPITEL ZWANZIG

Hazel

Ich schlüpfte durch das zerbrochene Fenster hinaus.

Glas zerriss an meinen Füßen. Meine Schuhe lagen an der Haustür, und ich hatte keine Möglichkeit, sie zu holen, bevor ich aus dem Bauernhaus floh.

Mit Bär an meiner Seite rannte ich in der Dunkelheit schnell über das Feld. Schwer atmend stolperte ich über einen Stein, brach mir den Zeh und landete mit dem Gesicht voran auf dem Boden.

Dreck bedeckte mein Gesicht und füllte meinen Mund. Ich spuckte und hustete.

Hinter mir im Haus ertönten Schüsse. Bear flüchtete und ließ mich auf dem offenen Feld zurück.

„Mason", flüsterte ich und starrte auf das ramponierte Bauernhaus. Es war noch nicht eingestürzt. Hunderte von Einschusslöchern in den Wänden ließen das Gebäude instabil erscheinen.

Ich musste rennen, aber meine Füße waren wund und rau. Mein Herz wollte Mason retten, aber die einzige Möglichkeit war, sich Franco zu ergeben. Selbst das brachte Mason nicht in Freiheit.

Eine Taschenlampe leuchtete direkt auf mich.

„Keine Bewegung! Bleib stehen!", rief mir eine schroffe Stimme zu.

Ich rannte los und hoffte, dass die Dunkelheit mich einhüllen würde, aber es war Vollmond.

Er schoss eine Warnung ab. Die Kugel zischte an meiner Seite vorbei.

„Stopp! Nächstes Mal schieße ich nicht daneben."

Ich kam abrupt zum Stehen, die Arme in der Luft. „Schieß nicht. Ich werde mit dir gehen. Aber lass meine Freunde in Ruhe." Das war kein Handel, den ich eingehen konnte. Ich hatte kein Druckmittel. Er hatte die Waffe auf mich gerichtet, aber ich sagte es trotzdem.

Er schnaubte, packte mich am Arm und zerrte mich hinter sich her, bevor er losließ und mir die Waffe in den Rücken rammte.

„Schneller", befahl er. Als wir näher kamen, rief er den anderen zu. „Wir haben sie!"

Ich warf einen Blick auf den goldenen Armreif, der unter dem Sweatshirt an meinem Arm versteckt war. Mason würde mich finden, vorausgesetzt, er war noch am Leben.

Ich konnte es mir nicht erlauben, so zu denken. Er war schon immer ein Kämpfer, sogar im Internat.

Die Männer feuerten wiederholt auf das Farmhaus und eine weitere Runde Kugeln traf das Gebäude und die beiden Männer darin.

Onkel Jeb sah nicht gut aus, als ich die Treppe herunterkam. Wir hätten nach ihm sehen, ihm helfen und ihn in den versteckten Kriechgang unter dem Haus bringen sollen.

Mein Bauch tat weh, ich hatte ein schlechtes Gewissen.

Hätte ich Franco einfach geheiratet, wäre das alles nicht passiert.

„Da ist ja mein kleiner Knallfrosch", sagte Franco, als er durch das Gras stapfte und direkt auf mich zukam.

Ich wollte fliehen, aber ich konnte mich nicht bewegen. Die Waffe schmiegte sich an meine Wirbelsäule. Meine Füße pochten, was mir das Gehen erschwerte.

Er griff in mein Haar und zerrte an den Strähnen, riss meinen Kopf hoch und meinen Blick, um seinem strengen Blick zu begegnen. „Nicht mehr weglaufen, Hazel. Die Jagd ist vorbei."

Er zerrte mich an den Haaren und schob mich auf den Rücksitz seiner Limousine, wo er sich neben mich setzte.

„Versuch gar nicht erst zu fliehen. Kindersicherungen sind ein unglaubliches Feature." Seine Knie waren weit gespreizt und nahmen anderthalb Sitze ein.

Ich rutschte so nah wie möglich an die gegenüberliegende Tür und versuchte, mich kleinzumachen.

„Es ist eine Schande, dass du diese Männer und die Marshals getötet hast", sagte Franco. „Ich hätte nie gedacht, dass meine Frau sich an den schmutzigen Seiten des Geschäfts beteiligen würde, aber anscheinend bist du genauso schmutzig wie ich."

„Ich habe niemanden umgebracht."

Ich war nicht der Mörder.

Er konnte mir nicht vorwerfen, was er getan hatte.

Franco drehte sich zu mir um. „Das glaubst du doch selbst nicht. Ich weiß, wie du denkst. Du bist noch schuldiger als ich. Du hast ihm die Hand gereicht und sein Schicksal besiegelt."

Sein Finger streifte mein Schlüsselbein und berührte die weiß goldene Kette, die mein Vater mir geschenkt hatte und an der ein Herzmedaillon mit einem Bild meiner verstorbenen Mutter hing.

Er riss mir die Kette vom Hals, kurbelte das Fenster herunter und warf sie nach draußen, während wir fuhren.

„Nein!" Ich keuchte und fühlte mich ohne die Kette sowohl nackt und kraftlos. Ich hatte sie seit Jahren nicht mehr abgenommen. Sie war ein Teil von mir geworden. „Warum?", krächzte meine Stimme. „Das war von meinem Vater!" Tränen bedrohten meine Sicht. Ich hatte bei allem, was ich erlebt hatte, nicht geweint, aber jetzt wurde ein Stück von mir gestohlen und wie Müll entsorgt. Ich konnte nicht mehr viel ertragen.

„Ich weiß. Was denkst du, wie ich dich finden konnte?", fragte er.

Ich verstand nicht und runzelte die Stirn, als er mich anstarrte. Ich schüttelte den Kopf. Wollte er es mir erklären?

Franco streckte seinen Arm aus und legte ihn um meine Schultern. Ich schluckte den Kloß in meinem Hals hinunter, als er mich fest an sich zog und seine Lippen mein Ohr streiften. „Dein Vater wollte sichergehen, dass du in Sicherheit bist. Was denkst du, wie ich dich finden konnte?", flüsterte er.

Ich zitterte und löste mich aus seiner Umklammerung. „In der Halskette war ein Sender? Lass mich los!"

Ich wollte es nicht glauben, aber wie hätte Franco mich sonst finden können? Mason hatte niemanden angerufen, als wir Breckenridge verlassen hatten. Wir waren unangekündigt in North Dakota auf der Farm seines Onkels aufgetaucht.

„Ich werde dich nie mehr loslassen", flüsterte Franco mir ins Ohr.

Die Haare auf meinen Armen standen mir zu Berge.

Ich wich zurück, aber sein Griff um meine Schultern wurde fester.

———

Wir fuhren die Nacht hindurch direkt nach Chicago. Ich hielt mich im hinteren Teil des Wagens so weit wie möglich von Franco fern. Nach einiger Zeit löste sich seine Hand von meiner Schulter und ich konnte mich entspannen und schlief in kurzen Stößen ein.

Der Wagen kam zum Stehen und ich wurde wach.

Ich rieb mir den Schlaf aus den Augen und erkannte das Haus mit dem Gatter. Es war das Haus meines Vaters gewesen, bevor er gestorben war und es Nikolai hinterlassen hatte.

„Was machen wir hier?", fragte ich.

Franco antwortete mir nicht.

Der Fahrer öffnete das Fenster, tippte einen Code ein und fuhr bis zum Vordereingang, bevor er den Motor abstellte und ausstieg.

Er öffnete die Tür für Franco.

Franco kletterte aus dem Auto und griff hinein, packte meinen Arm und zog mich mit sich hinaus.

„Lass mich los!" Ich versuchte, mich aus seinem Griff zu befreien, aber er ließ mich nicht los.

Es gab keinen Ausweg, selbst wenn ich es schaffen würde, zu entkommen. Der schmiedeeiserne Zaun war mit Pfeilen versehen, die sicherstellten, dass niemand hinein- oder hinausklettern konnte. Ganz zu schweigen davon, dass meine Füße geschwollen und aufgeschürft waren von dem Glas, auf das ich letzte Nacht bei meinem Kampf um die Freiheit getreten war.

Victor, einer der ältesten Freunde meines Vaters, trat durch die Haustür und die Treppe hinunter. Er hatte schütteres weißes Haar und war im Vergleich zu Franco dürr. „Nikolai ist nicht hier", sagte Victor.

„Gut. Wir werden warten." Franco löste seinen Griff um mich und ich zog mich weiter zurück, um mich seinem Griff zu entziehen.

Ich rieb mir die geprellten Arme und trat vom Zement, um meine wunden Füße ins Gras sinken zu lassen. Es war mir egal, dass es Winter war. Die kalte Brise betäubte mich und half, den Schmerz zu lindern, den ich am ganzen Körper spürte, das brennende Stechen auf meiner rauen Haut.

„Es könnte eine Weile dauern, bis er zurück ist. Nikolai ist nach Breckenridge gefahren, als er dich nicht erreichen konnte", sagte Victor.

Ich verschränkte die Arme vor der Brust, während ich fröstelte und zum Auto zurückblickte. Wenigstens hatten der Schutz des Fahrzeugs und der Sitz mir Trost gespendet.

Gab es eine Chance, dass der Fahrer die Schlüssel unbeaufsichtigt gelassen hatte und ich das Auto stehlen und fliehen konnte?

Das war Wunschdenken.

„Komm rein", sagte Victor. „Ich rufe Nikolai an und sage ihm, dass ihr beide angekommen seid."

Der Fahrer kletterte zurück ins Auto und ließ den Motor an, sodass ich Franco und Victor ins Innere folgen musste . Ich wusste immer noch nicht, warum wir gekommen waren, aber ich vermutete, dass Nikolai nicht erfreut sein würde, mich zu sehen.

Getrocknetes Blut bedeckte meinen Körper, und im Morgenlicht waren Blutflecken auf meinen Armen, Händen und Füßen zu sehen.

Ich humpelte die Holztreppe hinauf und betrat das Foyer.

Franco beugte sich vor und schnupperte an meinem Hals.

Ich erschauderte und zuckte angewidert zusammen.

„Such dir ein Badezimmer. Keine meiner Frauen wird so dreckig aussehen", sagte er und zerrte mich an den Hüften. Er zog mich dicht an sich heran und drückte mich fest an seinen Körper. „Mach dich für mich frisch. Ich mag Frauen, die gut riechen."

Ich wollte kotzen.

„Ich rufe Nikolai an. Franco, setz dich bitte hin. Fühl dich wie zu Hause", sagte Victor.

Erleichtert, als Franco seinen Griff um mich löste, eilte ich aus seinen Fängen und die Treppe hinauf. Der Schmerz zerrte an meinen Füßen, aber ich beschleunigte mein Tempo. Ich wollte weg und war nicht in der Lage, mit winzigen Glassplittern in den Fußsohlen zu rennen.

Das Haus roch muffig und alt. Obwohl sich das Innere kaum verändert hatte, seit Nikolai das Grundstück in Besitz genommen hatte, stank es nach seinem Dreck.

Wie viele Männer hatte er in seinem Haus ermordet?

Ich humpelte zu meinem Kinderzimmer und riss die Tür auf. Ich stolperte hinein und meine Füße hinterließen eine Spur aus frischem Blut auf dem makellosen weißen Teppich.

Ich ignorierte die Flecken und die Unordnung, als ich mich meinem Kleiderschrank näherte. Ich hatte viele Nächte in diesem Zimmer verbracht, nicht nur in meiner Kindheit.

Ich holte ein Pulloverkleid und schwarze Leggings aus der Kommode, zusammen mit Unterwäsche.

Ich eilte in das nächstgelegene Badezimmer. Es gab keine Schlösser an den Türen, keine wirkliche Privatsphäre, nur den Anschein von Privatsphäre. Ich musste darauf vertrauen, dass niemand in meinen persönlichen Bereich eindringen würde. Es gab keine Möbel, die ich vor die Tür hätte schieben können.

Als ich als Kind in dem riesigen Haus wohnte, hatte das keine Rolle gespielt. Niemand war durch die Badezimmertür gestürmt, aber jetzt, wo ich wusste, dass Franco sich aus einer Laune heraus Zutritt verschaffen konnte, hatte ich Bauchschmerzen.

Ich zog mich aus, stellte die Dusche an und ließ den Dampf in das Bad dringen, während ich eine Pinzette aus dem Medizinschrank holte.

Ich setzte mich auf den geschlossenen Toilettendeckel hob ein Bein nach dem anderen an, um das Glas und den Schmutz zu entfernen, der in meinen Fußsohlen steckte.

Ich atmete laut durch den Mund ein und aus und zog eine Grimasse, als ich die Holzsplitter und Glassplitter, die unter meine Haut steckten, packte.

„Einer weniger", sagte ich. Ich arbeitete fleißig an meinem anderen Fuß, bevor ich unter den heißen Strahl der Dusche kletterte.

Als ich auf das Wasser starrte, färbte es sich an meinen Füßen braun und rot, während ich die Überreste von gestern wegwusch.

Was nicht weggespült wurde, war der Schmerz und die Sorge um Mason und seinen Onkel. Ich hatte das Armband nicht abgenommen und es an meiner Haut gelassen. Ich hoffte, es könnte nass werden, aber es war zu spät. Ich hatte es bereits unter der Duschbrause angelassen.

Ich konnte es nicht abnehmen. Was, wenn Franco ins Bad stürmte und meine Kleidung und mein Armband mitnahm? Wir würden nicht länger als ein paar Stunden in diesem Haus bleiben, egal, wie lange es dauerte, bis Nikolai zurückkam.

Wir waren mehr als vierzehn Stunden gefahren, aber mein Bruder hatte ein Privatflugzeug. Ich nahm an, dass er nach Montana geflogen war und dann nach Hause kam.

Warum war er nach Breckenridge gekommen? Hatte er gehofft, mich zu überzeugen, mit ihm zurückzukehren?

Mein Bruder war das weltweit größte Arschloch und hatte einen Gottkomplex. Er war auch der Grund, warum ich nie in Kalifornien gelandet bin. Mein Vater hatte das Geld, das für mein Schulgeld vorgesehen war, für Nikolai ausgegeben. Er hatte mir gesagt, dass es zu gefährlich für mich sei, außerhalb von Chicago zu sein und hielt mich wie eine Gefangene.

Ich hatte die Erlaubnis erhalten, das Grundstück zu verlassen. Ich glaubte, frei zu sein, aber das war eine Täuschung. Die Halskette, die er mir geschenkt hatte, verriet, wo ich mich befand. Ich war nie allein, selbst wenn ich es wollte.

Mein Vater hatte mir geholfen, meinen ersten Job direkt nach der Highschool zu bekommen. Die meisten, die nur einen Highschool-Abschluss hatten, arbeiteten zunächst im Einzelhandel oder im Niedriglohnsektor, also auf Einstiegsniveau.

Das Wasser umspülte mich und reinigte mich von meinen Sünden. Ich öffnete die Flasche mit dem Shampoo und drückte eine kleine Menge in meine Hand, bevor ich mein Haar einseifte.

Ich hatte nie eine typische Einstiegsposition. Ich wollte Grafikdesign studieren und mein Vater hatte mir gesagt, ich solle meinen Lebenslauf an die West Marketing Firm schicken. Ich machte genau dass, worum er mich gebeten hatte, und wurde bei meinem ersten Vorstellungsgespräch als Marketingmanagerin eingestellt.

Zwei Monate später wurde ich zum Marketingdirektor befördert, als mein Chef auf mysteriöse Weise verschwand.

Wenn ich zurückblicke war alles verdächtig, die Mitarbeiter, die Kunden, sie waren alle Nikolais Freunde und Familie, Geschäftspartner auf die eine oder andere Weise. Mit achtzehn Jahren wusste ich das alles nicht.

Ich war naiv und dumm und glaubte, dass alles, was Daddy sagte, wahr war.

Mein Vater hatte mich belogen und mich glauben lassen, dass ich direkt nach der Highschool einen Job in einer angesehenen Firma bekommen hatte, weil ich ein großes Talent hatte.

Ich spülte mir die Seifenlauge aus den Haaren und seifte jeden Zentimeter meiner Haut ein.

Die Badezimmertür flog auf, und ein kalter Windstoß folgte dem Eindringling.

„Raus hier!", rief ich und zog den Vorhang fest um mich herum, um sowohl meinen Körper als auch mein Armband zu verstecken.

Francos dunkles Lachen erfüllte das Badezimmer. „Bei mir brauchst du nicht schüchtern zu sein. Wir werden Mann und Frau sein."

„Nur über meine Leiche", knurrte ich.

„Das lässt sich einrichten." Er trat näher, drang in meine Privatsphäre ein und packte meinen Kiefer, sodass ich gezwungen war, in seine dunklen, seelenlosen Augen zu starren. „Du bist schon lange genug hier drin. Zieh dich an und komm nach unten."

Er löste seinen Griff um mich.

Ich atmete erleichtert auf.

„Du hast fünf Minuten Zeit. Wenn du länger brauchst, hole ich den Rohrstock heraus. Dann lernst du die Schönheit von Disziplin und Unterwerfung kennen."

„Ich werde mich dir niemals unterwerfen."

Franco verpasste mir einen Schlag ins Gesicht.

Meine Wange brannte und meine Augen schlossen sich vor Schreck und Schmerz. Noch nie hatte mich jemand geschlagen, schon gar nicht in mein Gesicht.

„Nie ist eine lange Zeit. Wir haben den Rest unseres Lebens zusammen", sagte Franco und erinnerte mich daran, dass ich *ihm* gehöre.

Sein Handy surrte in seiner Hose und er trat einen Schritt zurück.

Ich schaltete die Dusche ab und deutete ihm am , aus dem Bad zugehen.

„Nikolai, ja, ich habe deine Schwester wiedergefunden. Sie war ein richtiger kleiner Knaller", sagte Franco ins Telefon und hielt inne.

Ich rührte mich nicht von meiner Position in der Badewanne, stand mit dem Vorhang um meinen Körper und wartete darauf, dass er das Bad verließ, damit ich etwas Privatsphäre hatte.

„Ich verstehe. Ja, das ist richtig. Sehr gut", sagte er und lächelte. „Wir sehen uns gleich." Er legte auf und steckte das Handy zurück in seine Tasche.

„Raus hier!" Ich zeigte auf die Tür.

Seine Augen verengten sich, als er sich näher heran lehnte, und sein fauliger Atem schlug mir ins Gesicht. „Ich nehme keine Befehle von dir an." Er drückte seine Lippen auf meine und zwang seine Zunge in meinen Mund.

Ich hielt meine Lippen geschlossen und versuchte, mich zurückzuziehen, aber der Duschvorhang ließ mir keine Wahl, ich konnte nicht zurück.

Er schob seine Hand hinter den Vorhang und betastete meine Brust. „Ich sollte die Ware vor dem Kauf gründlich inspizieren", sagte Franco mit einem schiefen Grinsen. „Du hast mich irritiert. Ich sollte mich vergewissern, dass ich genau das bekomme, wofür ich bezahlt habe."

KAPITEL EINUNDZWANZIG

JAXSON

„Guten Morgen", sagte Declan, als er in mein Büro kam. Er setzte sich an den Rand meines Schreibtischs. „Woran arbeitest du?"

Ich hatte nicht einmal aufgeschaut, als er den Raum betrat.

Ich stieß einen schweren Seufzer aus und fuhr mir mit der Hand durch die Haare. „Ich versuche, Mason zu erreichen. Nach dem gestrigen Tag dachte ich, es wäre eine gute Idee, es über das Satellitentelefon zu versuchen."

„Er hat nicht geantwortet?", fragte Declan und zog die Stirn in Falten, als er aufstand und zu mir kam, um zu sehen, was ich am Computer machte.

„Nein, er hat nicht geantwortet. Hätte er abgenommen, als ich angerufen habe, wäre ich nicht so besorgt gewesen. Ich habe versucht, seinen Onkel anzurufen, weil ich mir sicher bin, dass er dorthin gegangen ist, aber der geht auch nicht ran."

„Wir reden über Onkel Jeb. Das ist keine Überraschung. Der Mann hat wahrscheinlich seine Telefonleitung herausgerissen. Du weißt, wie paranoid er ist. Du kennst ihn doch."

Ich rutschte von meinem Schreibtisch weg und stand auf. „Stimmt."

Ich verließ das Büro und ging in den Flur, wo die Kaffeekanne stand. Ich benötigte eine starke Tasse Kaffee, um meinen Tag zu überstehen.

„Ich habe einfach ein schlechtes Gefühl. Mason hätte sich bei uns melden sollen. Ich bin nicht glücklich darüber, dass er Hazel genommen und die Stadt verlassen hat, ohne uns etwas zu sagen."

Aiden trat mit verschränkten Armen in den Flur und lehnte sich gegen die offene Tür, um zu hören, was wir sagten. „Du könntest das örtliche Sheriffbüro anrufen und sie einen Wellness-Check machen lassen."

„Das wird gut ankommen, besonders bei Onkel Jeb", sagte ich.

Declan goss sich eine Tasse Kaffee ein und brachte sie zu seinem Schreibtisch. „Ich kann mich in die Überwachungsvideos einhacken und nachsehen, ob etwas verdächtig aussieht."

Das wäre zumindest schon mal ein Anfang. Ich war nicht in der Lage, so etwas zu tun. „Danke", sagte ich.

Fünf Minuten hinter dem Computer und Declan hatte sich in die Satellitenaufnahmen gehackt und das Bauernhaus herangezoomt.

„Scheiße", murmelte ich vor mich hin, als ich ihm über die Schulter sah. Das Äußere des Hauses war in Unordnung. Es war schwer zu sagen, wie groß der Schaden am Bauernhaus war, aber das Gebäude schien nicht stabil zu sein.

„Ich besorge uns einen Hubschrauber", sagte Aiden, während er zurück in sein Büro eilte und anfing zu telefonieren.

Unsere Kontakte zu den örtlichen und staatlichen Behörden waren oft sehr nützlich. Wir hatten ein paar Freunde, die auf Bundesebene tätig waren, obwohl wir ihnen normalerweise halfen, baten wir dieses Mal um ihre Hilfe.

Ich wandte mich an das Büro des Bezirkssheriffs, in dem sich Mason und Onkel Jeb befanden. Sie schickten ein Team, um die Situation zu überprüfen, während wir unseren Transport zum Tatort organisierten.

Bevor unser Hubschrauber eintraf, erhielten wir einen Anruf vom Büro des County- Sheriffs in North Dakota, der uns mitteilte, dass er die Sanitäter gerufen hatte und zwei Leichen gefunden wurden. Mason war am Leben, aber sein Onkel hatte es nicht geschafft.

„Mason möchte mit dir sprechen", sagte der Sheriff. Er hatte mit Masons Telefon angerufen und die Videoübertragung eingeschaltet, damit wir reden konnten.

Ich verließ den Raum und ging in mein Büro, wobei ich die Tür offen ließ.

„Es ist schön, dich zu sehen, Mason", sagte ich. Er sah aus wie die Hölle, blass, mit blau angelaufenen Lippen, aber er atmete und war bei Bewusstsein.

Er versuchte zu sprechen, aber ich konnte ihn nicht hören. Mason war viel zu leise, als dass das Telefon seine Worte hätte auffangen können.

„Ich kann dich nicht hören, Kumpel. Es wird alles gut. Geh mit den Rettungssanitätern und lass sie ihre

Arbeit machen." Ich versuchte, ihm zu versichern, dass alles in Ordnung war.

Er sah furchtbar aus. Er hatte Glück, dass er noch am Leben war.

Der Sheriff beugte sich hinunter, um zu hören, was Mason uns zu sagen versuchte. „Hazel hat einen Tracker."

Ich nippte an meinem Kaffee. „Ja, das ergibt Sinn. So haben sie euch wahrscheinlich auch gefunden."

Mason schüttelte den Kopf. Das war nicht die Botschaft, die er vermitteln wollte. Er winkte den Sheriff wieder heran.

Das Video auf dem Handy bewegte sich und gab einen Blick auf das Blut und die Schäden am Haus frei. Mason hatte eine große Menge Blut verloren, aber er atmete. Sein Herz schlug noch. Er war ein Kämpfer.

„Hazel hat ein Armband, das du verfolgen kannst. Er hat es ihr gegeben, um sie zu schützen", sagte der Sheriff. Er runzelte die Stirn und schaute von Mason zu mir. „Wer seid ihr eigentlich?"

„Eagle Tactical", sagte ich. Das hatte ich dem Sheriff schon gesagt, als ich ihn angerufen und um Hilfe gebeten hatte, entweder hatte er das Memo nicht bekommen oder er wusste nicht, wer wir waren.

„Mason, wir werden Hazel zurückholen. Die Sanitäter und Ärzte müssen sich um dich kümmern. Gute Besserung, okay?"

Wir würden ihn besuchen, wenn Hazel in Sicherheit und außer Gefahr war.

Ich legte den Hörer auf und eilte mit Declan ins Büro.

„Ich habe das alles mitbekommen", sagte Declan, bevor ich die Nachricht weitergeben konnte. „Ich trage bereits das Armband und weiß, wo Hazel sich aufhält. Shit." Er blickte von seinem Computerbildschirm weg zu mir. „Sie ist wieder in Chicago."

„Besorg die Adresse. Ich rufe Colton Carr an und frage ihn, ob er mit einem Team zu ihr gehen kann, bevor wir dort sind." Ich schnappte mir meinen Mantel und trank den letzten Schluck meines Kaffees.

„Was ist mit Izzie?", fragte Declan. „Vielleicht sollten wir Aiden und Lincoln schicken?"

„Lincoln ist mit dem Versicherungssachverständigen beschäftigt, nach dem, was die Bastarde mit seinem Restaurant gemacht haben", sagte Aiden vom anderen Ende des Flurs. Seine Stiefel klapperten auf dem Boden, als er zu uns ins Büro eilte. „Ich komme mit. Wir brauchen mindestens ein Zwei-Mann-Team."

Ich lachte leise vor mich hin. Ich bezweifelte, dass zwei von uns und der U.S. Marshal ausreichen würden, um die russische Mafia in Chicago auszuschalten und Hazel zu retten. „Declan, du bleibst hier und verfolgst Hazel. Aiden, ruf Lincoln an und sag ihm, dass wir ihn so schnell wie möglich brauchen. Biete ihm wieder eine Vollzeitstelle an. Wir brauchen seine Hilfe. Wir brauchen jede Hilfe, die wir bekommen können", murmelte ich vor mich hin.

Declan schaute mich an. Seine Stimme war zaghaft. „Wir könnten Jayden anrufen. Ich weiß, das ist nicht ideal, aber wir könnten die Arbeitskraft gebrauchen."

„Auf keinen Fall." Ich wollte keinen Außenseiter in unser Team holen. Jayden mag einer von uns beim Militär gewesen sein, einer aus unserer Einheit und unserem Team, aber er hatte sie uns vorgezogen. „Sie sind für die Geiselnahme im Resort gestern verantwortlich."

„Du weißt nicht, ob Jayden daran beteiligt war; alle Beteiligten trugen Masken", sagte Declan.

„Warum nimmst du ihn in Schutz?", fragte ich. „Und nicht alle Beteiligten trugen eine Maske. Emma war da, und Jayden auch. Ich habe ihm den Arsch aufgerissen und seine Kleidung gestohlen."

„Scheiße. Das hast du uns nicht erzählt." Aiden lachte. „Das hätte ich gerne gesehen. Hast du vielleicht ein Foto gemacht?"

Ich verdrehte die Augen und griff nach den Schlüsseln meines Trucks auf dem Schreibtisch. „Ich hatte keine Zeit. Schade, oder? Ich mache mich auf den Weg zum Hangar. Ich rufe Carr auf dem Weg an. Kommst du mit, Aiden?", fragte ich.

„Ich würde mir die Gelegenheit nicht entgehen lassen, jemandem in den Arsch zu treten. Lass mich Lincoln anrufen, während wir im Auto sitzen."

„Scheiße. Ich muss auch Ariella anrufen. Ich habe ihr gesagt, dass ich das Mittagessen hole und sie mit ins Büro nehme." Daraus wird wohl nichts werden. Vielleicht würde sie Skylar dazu bringen, sie zum Resort zu fahren, um ihr Auto abzuholen. Wenn nicht, würde ich sie morgen oder wenn ich zu Hause bin, mitnehmen.

———

Lincoln, Aiden und ich haben uns in Chicago mit Colton Carr und seinem Team von U.S. Marshals und dem Federal Bureau of Investigation zusammengetan.

„Sie ist noch auf dem Grundstück", sagte Declan.

Er leitete ihren Standort an mein Telefon weiter.

Auf dem Display meines Handys war ein kleiner roter Punkt zu sehen, der blinkte und hin und her zu laufen schien.

Ich war mir nicht sicher, ob es sich um eine ungefähre Position handelte oder ob sie sich tatsächlich bewegte, aber wir wussten, wo sie sich aufhielt, solange sie das Armband noch trug.

„Wir haben ein Team, das bereit ist", sagte Agent Bishop. Er trug einen Anzug und sein Team in SWAT-Kleidung beobachtet die Umgebung.

Wir standen direkt vor der Kommandozentrale, ein Fahrzeug stand am Straßenrand, um den Block herum und außer Sichtweite.

Eine junge Frau mit langen blonden Haaren und einer Kevlar-Weste stürmte in den Kommandoposten. „Ich habe Augen und Ohren vor Ort. Ihr solltet jeden Moment ein Signal bekommen."

Sie setzte sich vor einen Monitor und stellte die Frequenz so ein, dass sie das Video- und Audiosignal von Hazel auffing.

„Das ist sie. Das ist unser Ziel, das wir herausholen müssen", bestätigte ich.

„Das SWAT-Team geht zuerst rein", sagte Agent Bishop. Er war groß und schlaksig. Wahrscheinlich war er noch nie beim Militär gewesen, aber er kommandierte mit Autorität.

„Gut", sagte Lincoln. Er stand hinter mir und hatte die Arme vor der Brust verschränkt. Er hatte sich keinen Zentimeter bewegt, nicht einmal, um aus dem Weg zu gehen, wenn Agenten kamen und gingen und sich in dem engen Gang an ihm vorbeiquetschen mussten.

„Haben wir ein Bild von Nikolai Agron?", fragte ich.

„Noch nicht", sagte Agent Bishop. „Wir haben die Bestätigung, dass Franco Ivanov dort ist, zusammen mit einem anderen Mann, den wir durch unsere Datenbank laufen lassen. Es gibt auch eine Reihe von Hilfskräften, aber die Schlüsselfiguren der Mafia scheinen nicht vor Ort zu sein."

„Abgesehen von Franco", sagte ich. Er war einer der Schlüsselfiguren, auch wenn er nicht der Kopf der Mafia war, so war er doch der zweite Befehlshaber und der Grund, warum wir hier waren.

Agent Bishop beobachtete vom Bildschirm aus, wenn er seinen Kollegen Befehle gab. Sie betraten die Grundstücksgrenze und gingen am Haus entlang nach oben. „Wartet, bis ich Entwarnung gebe, um einzutreten."

Ich starrte über seine Schulter hinweg auf den Bildschirm. Sie warteten, bis Hazel nicht mehr in unmittelbarer Gefahr war.

Sie war nicht in der Nähe des Foyers. Vom Einbruch bis zum Betreten des Raums, in dem sie sich befand, würde es einige Sekunden dauern.

Genug Zeit, um sie zu erschießen oder sie als Geisel zu nehmen und ihr Leben zu bedrohen.

Ich hasste es, auf dem Bildschirm zuzusehen und nicht am Geschehen teilhaben zu können.

Meine Hände ballten sich zu Fäusten.

Franco verließ den Raum und ließ Hazel mit dem unbekannten Mann im Haus zurück.

„Jetzt!", befahl Agent Bishop, als das SWAT-Team die Vordertür aufbrach und mit gezogenen Waffen ins Haus stürmte und seine Anwesenheit ankündigte.

Schüsse ertönten aus allen Richtungen. Ich zitterte und schluckte die Galle hinunter, die mir in der Kehle aufstieg. Ich war es gewohnt, im Einsatz zu sein und nicht von einem Monitor aus zuzusehen. Es war schmerzhaft zu wissen, dass ich nichts tun konnte, um zu helfen.

Ich wollte nach draußen gehen und Teil des Geschehens sein, aber das war keine Option. Agent Bishop hatte deutlich gemacht, dass wir aus Höflichkeit gegenüber Colton Carr in den Kommandoposten durften.

Ich schritt durch den kleinen Wohnwagen und konnte kaum stillstehen, während ich meinen Blick auf die Monitore und das Überwachungsmaterial auf dem Gelände richtete.

Bei einer Kamera war das Bildmaterial ausgefallen, aber der Ton war immer noch zu hören, was sich mit den Schüssen und den markerschütternden Schreien fast noch schlimmer anfühlte.

Ich kniff mir in die Nase und verdrängte die Erinnerungen an meine Zeit beim Militär in Übersee. Bei den Schreien der Männer kamen die Schrecken wieder hoch.

Mehr konnte ich nicht tun und so wartete ich mit Aiden und Lincoln. Das SWAT-Team nahm Franco und einige andere Personen im Haus fest, bevor sie Hazel nach draußen brachten.

Ich eilte aus dem Kommandoposten, Lincoln und Aiden waren mir auf den Fersen.

Ihre Augen waren verquollen und rot, ihre Wangen gerötet. Sie rannte nach draußen und humpelte von den bewaffneten Agenten weg, als sie uns sah. Ihre Stirn legte sich in Falten und Tränen traten ihr in die Augen. „Mason", flüsterte sie.

Ein einziges Wort, und ich verstand all die Ängste, die sie wahrscheinlich durchfluteten. „Wir haben ihn noch rechtzeitig erreicht. Er ist im Krankenhaus", sagte ich.

Wir hatten sofort nach unserer Ankunft in Chicago angerufen und uns nach ihm erkundigt , um sicherzugehen, dass sich sein Zustand nicht verschlechtert hatte.

„Er ist stabil", sagte ich und hoffte, dass sie das beruhigen würde.

Sie stieß einen schweren Seufzer aus. „Danke."

Agent Bishop trat von hinten an sie heran. „Wir haben ein paar Fragen an Hazel", sagte er.

„Sicher. Ich werde alles beantworten, was ich kann." Hazel schlang die Arme um ihre Brust.

Aiden holte eine Notfalldecke aus dem Kommandoposten und legte sie Hazel über die Schultern.

„Danke", sagte sie.

Agent Bishop nickte Aiden anerkennend zu, bevor er seine Aufmerksamkeit wieder auf Hazel richtete. „Weißt du, wo dein Bruder Nikolai gerade ist? Wir wissen, dass das sein Grundstück ist."

„Wir haben darauf gewartet, dass er nach Hause fliegt. Er war in Breckenridge und hat nach mir gesucht." Sie atmete schwer aus und starrte auf den Boden. „Er sollte schon längst wieder zu Hause sein."

Ich drehte mich auf den Fersen herum und bemerkte, dass die Straße abgesperrt worden war. Wahrscheinlich war er auf dem Weg nach Hause und hatte unsere Agenten gesehen. „Er hat nicht angerufen oder Franco kontaktiert, während du im Haus warst?", fragte ich.

Hazel schüttelte den Kopf. „Franco war auf mich konzentriert." Sie wischte sich die Tränen so schnell weg, wie sie ihr über die Wange gelaufen waren. „Victor hatte ihn angerufen, nicht Franco, aber sie haben miteinander telefoniert. Ich weiß nicht, was gesagt wurde, ich stand gerade unter der Dusche. Sind wir fertig? Ich will zu Mason."

Agent Bishop notierte sich die wenigen Informationen, die Hazel geben konnte. „Ja, natürlich. Ich glaube, wir sollten dich in Schutzhaft nehmen. Da dein Bruder da draußen ist und die Mafia leitet, ist es nur eine Frage der Zeit, bis er dich findet.

„Sie bleibt in unserer Schutzhaft", sagte ich. Hazel hatte sich an uns gewandt, und ohne Zweifel war es das, was Mason für sie gewollt hatte.

„Bist du sicher, dass du das willst, Hazel?", fragte Agent Bishop. „Wir haben einen sicheren Unterschlupf, zu dem wir dich bringen, dir eine neue Identität geben und für deine Sicherheit sorgen können.

Sie hob ihren Blick und begegnete Agent Bishops verhärteter Miene. „So sehr ich Ihr Angebot auch schätze, die U.S. Marshals waren nicht in der Lage, mich zu schützen. Ich bezweifle, dass du das auch kannst. Ich werde meine Chance bei Eagle Tactical nutzen. Außerdem will ich Mason sehen."

„Dir ist klar, dass Nikolai wahrscheinlich zu der Person geht, von der er weiß, dass du mit ihr zusammen sein willst", sagte Agent Bishop.

„Du hast die Kontaktinformationen von Eagle Tactical. Wenn du etwas von mir brauchst, kannst du dich an sie wenden, bis ich mein Handy ersetzt habe", sagte Hazel.

„Sehr gut", sagte Agent Bishop, bevor er zum Kommandoposten zurückkehrte und die Operation abschloss.

Lincoln trat näher an Hazel heran und hob ihr Kinn an. „Wir bringen dich zu Mason, wenn du das willst, aber dein Bruder ist noch da draußen. Agent Bishop hat recht: Wir bringen dich direkt in Gefahr, wenn wir dich zu ihm bringen. Du musst dir über die Risiken im Klaren sein."

Mein Handy vibrierte in meiner Tasche. Ich griff in meine Jacke und holte mein Telefon heraus, schaute auf die Anrufer-ID und erkannte Ariellas Nummer. „Hey, wir sind hier in Chicago gerade fertig geworden", sagte ich und ging ans Telefon.

„Jaxson. Du musst nach Hause kommen." Ariella klang nicht wie sie selbst.

„Was ist los? Ist mit Izzie alles in Ordnung?"

„Es geht um Nikolai. Er ist hier und—"

Das Telefon wurde abgeschaltet.

KAPITEL ZWEIUNDZWANZIG

ARIELLA

„Izzie, müssen wir schon wieder Verstecken spielen?", fragte ich verärgert.

Ich liebte Jaxsons Tochter, aber sie war ein ständiges Energiebündel und hatte sich schon ein Dutzend Mal versteckt. Sie verstand es nicht, sich abzuwechseln, und versteckte sich immer an der gleichen Stelle.

Die Türklingel unterbrach unser Spiel.

Ich ging zur Haustür und versuchte, durch das Guckloch zu schauen, aber es war zu hoch für mich. Es war eindeutig für Jaxson gebohrt worden.

Als ich die Tür aufzog, stand Emma zitternd und blutverschmiert auf der gegenüberliegenden Seite. Ihr

Haar war nass, ihre Kleidung schlammig und zerrissen.

Draußen regnete es in Strömen, die Temperatur lag nur wenige Grad über dem Gefrierpunkt.

„Komm rein", sagte ich, geleitete sie ins Haus und schaltete die Alarmanlage aus. Jaxson hatte mir einen zweiten Code gegeben, den ich benutzen sollte, während er weg war.

Ihre Zähne klapperten und sie rieb sich die Arme, um sich aufzuwärmen.

„Was ist passiert?" Ich schloss die Tür hinter ihr und schaltete die Alarmanlage ein. Sie sah aus, als ob sie von einem Bären zerfleischt worden wäre.

Ich musterte sie von Kopf bis Fuß. Vielleicht war es gar nicht so schlimm. Sie hatte noch ihre Arme und Beine, aber sie sah schlecht aus.

„Ich war bei mir zu Hause und er fing an zu schießen."

„Wer hat angefangen zu schießen?" Ich zog mein Handy heraus. „Wir müssen die Polizei anrufen."

Ihre Augen waren groß und verzweifelt. „Keine Polizei."

Sie legte eine Hand auf mein Telefon und ihre nassen Finger machten eine Sauerei auf meinem Gerät. Ich wischte es ab und steckte es erst einmal wieder in meine Tasche.

„Wenn jemand in dein Haus eingebrochen ist und auf Leute geschossen hat, müssen wir den Sheriff anrufen", sagte ich.

„Ella?", sagte Izzie und versuchte, meinen Namen zu sagen. Das war niedlich und amüsant, wenn man bedenkt, dass sie „Ariel" und „Ella" sagen konnte, sich aber weigerte, sie zusammenzufügen.Offen gestanden , machte mir der Spitzname nichts aus. Er war liebenswert.

Ich nahm Izzie auf den Arm, um sie vor Emma zu schützen.

Emma sah nicht gut aus, und die Tatsache, dass sie mich nicht um Hilfe rufen ließ, machte mir Sorgen, dass sie nicht ganz bei sich war.

Emma starrte ihre leibliche Tochter Isabella an, sie war wie gebannt von dem kleinen Mädchen.

Wann hatte sie Isabella das letzte Mal gesehen? Als sie Isabella abgesetzt und bei Jaxson gelassen hatte?

Ich hatte von Jaxson gehört, dass Emma sie weggeben wollte und ihn gebeten hatte, seine elterlichen Rechte aufzugeben, aber sie hatte nie darüber gesprochen .

Der lange, traurige Blick, mit dem sie Izzie anschaute, ließ meinen Magen verkrampfen. Ich setzte Izzie sanft auf dem Sofa ab, packte Emma am Arm und zerrte sie in die Küche. „Was zum Teufel ist hier los?", fragte ich. Ich stellte mich so hin, dass Emma mit dem Rücken zu Izzie stand und ich ein Auge auf das kleine Mädchen werfen konnte.

„Er ist gekommen und hat alle umgebracht." Emmas sonst so porzellanfarbene Haut war furchtbar blass. Schweiß glitzerte auf ihrer Stirn.

Ich griff nach einem sauberen Lappen und befeuchtete ihn in der Spüle, wobei ich etwas Seifenlauge hinzufügte, um ihre Schürfwunden auf der Stirn zu reinigen. Sie benötigte eine Dusche und frische Kleidung.

„Wer ist gekommen?", fragte ich und versuchte, es aus ihr herauszubekommen. Ich wollte wissen, was passiert war.

Waren es die Männer, die hinter Hazel her gewesen waren? Warum sollten sie zu Emmas Haus gehen? Die beiden Frauen sahen sich überhaupt nicht ähnlich. Man konnte sie nicht mit Hazel verwechseln.

„Ich hab's versaut, und zwar gewaltig." Emma wischte sich über die Nase. Ihre Augen waren rot und tränenüberströmt.

Ich griff nach ihrer Hand und drückte sie beruhigend. „Was auch immer du getan hast, ich bin sicher, dass es wieder in Ordnung gebracht werden kann."

„Das glaube ich nicht. Sie sind meinetwegen tot."

Ich kannte Emma zwar nicht so gut, aber ich glaubte nicht, dass sie jemanden umbringen würde. Wir hatten für kurze Zeit zusammen im Resort gearbeitet und waren Freunde. Obwohl wir uns in letzter Zeit nicht oft gesehen hatten, konnte ich nicht glauben, dass sie so etwas Schreckliches getan hatte. Sie muss überreagiert haben.

„Wer ist tot?" Ich musste sie dazu bringen, sich zu öffnen und sich mir anzuvertrauen.

Sie wischte sich die Tränen ab und ich schnappte mir ein Papiertuch und bot es ihr an, um ihre Augen zu trocknen.

„Danke", sagte sie zwischen zwei Schluchzern. „Alle von ihnen. Zumindest glaube ich, dass sie es alle sind. Ich bin durch die Hintertür rausgerannt, als sie das Gelände zusammengeschossen haben."

Ich verstand nicht, wovon sie sprach. „Das Gelände? Wohnst du nicht in einer der Hütten in der Nähe des Resorts?"

„Ich hatte die Wohnung nur, als ich mich für den Job beworben habe. Ich habe bei den Jungs da oben gewohnt", sagte Emma und gestikulierte auf dem Berg nach Norden.

Meine Stimme blieb mir im Hals stecken. „Die Außenseiter?" Jaxson hatte mich gewarnt, von ihnen und dem Eingang zu ihrem Gelände fernzuhalten.

Emma tupfte sich mit dem Papierhandtuch die Augen ab.

Ich holte mein Handy heraus und rief die örtliche Polizei an. Ich teilte ihnen mit, wer ich war, dass ich für Eagle Tactical arbeitete und was Emma gesehen hatte. Wenn es stimmte, was Emma gesagt hatte, brauchten sie ein Team, um das Gelände nach Überlebenden zu durchsuchen.

Wenn Jaxson in der Stadt gewesen wäre, dann hätten sie ihn und den Rest des Eagle Tactical Teams hinzugezogen. Ich würde ihn später anrufen, wenn sich die Lage ein wenig beruhigt hatte. Es gab keinen Grund, ihn zu beunruhigen. Er war gerade auf dem Weg nach Chicago.

———

Das Sheriffsdepartment stattete uns einen Besuch ab, nachdem sie das Gelände überprüft hatten. „Emma, ich muss dich zu deiner offiziellen Aussage mitnehmen."

Emma griff nach meiner Hand. „Kommst du mit mir?"

„Klar. Ich packe Izzie ein und dann folgen wir dir aufs Revier", sagte ich. Ich konnte nicht nein sagen. Sie war gebrochen. Ich wusste, wie sich das anfühlt, wenn deine Welt um dich herum zusammenbricht.

Ich holte für Izzie einen Snack aus dem Automaten auf dem Polizeirevier, während wir in einen separaten Raum gingen. „Komm mit mir." Der Sheriff öffnete die Tür zu einem Nebenraum und schaltete das Licht an. „Du wirst alles sehen und hören können. Mach es dir bequem. Es wird hoffentlich nicht lange dauern."

Ließ er immer Leute zusehen, wenn Aussagen gemacht wurden?

Hatte er mir eine Sonderbehandlung zukommen lassen, weil er wusste, dass ich für Eagle Tactical arbeitete?

Ich ließ Izzie auf einem Tisch sitzen, mit dem Rücken zum Glasfenster, während ich durch den Einwegspiegel zusah.

Der Sheriff betrat mit Emma den Raum und schloss die Tür. „Kann ich dir etwas zu trinken bringen? Kaffee? Wasser?"

„Nein, danke." Emma hatte ihre Hände auf den Metalltisch gelegt an dem sie saß. Nach allem, was passiert war, sah sie unglaublich ruhig aus, aber wahrscheinlich stand sie nur unter Schock.

Er holte einen Block Papier und einen Stift hervor. „Kannst du mir sagen, was heute passiert ist?"

Emma stieß einen schweren Seufzer aus. „Ja." Sie blickte vom Tisch zum Sheriff. „Ich war zu Hause, auf dem Gelände, als zwei Männer mit gezogenen Waffen hereinkamen und anfingen, auf alle zu schießen, die sie sahen."

„Kennst du einen dieser Männer?", fragte der Sheriff.

„Ich habe sie noch nie gesehen."

„Bist du sicher? Kannst du dich erinnern, ob du sie in der Ferienanlage gesehen hast?"

Sie schüttelte den Kopf. „Nein. Ich habe sie weder im Resort noch sonst wo gesehen. Das waren keine Einheimischen."

Er atmete schwer durch die Nase aus. „Interessant. Kannst du mir sonst noch etwas sagen? Zum Beispiel, was zwei Männer, die noch nie in der Ferienanlage oder vielleicht sogar in dieser Stadt waren, dazu veranlasst haben könnte, zu deinem Haus zu kommen und alle hinzurichten?"

Emma antwortete nicht.

Mein Mund wurde trocken und meine Hände zitterten. Ich schlang meine Arme um Izzies Taille, hielt sie auf dem Tisch fest und schenkte ihr ein schwaches Lächeln.

Was hatte Emma zu verbergen?

Der Sheriff holte sein Handy aus der Tasche und scrollte es durch, bevor er es auf den Tisch legte, damit Emma es sehen konnte.

„Weißt du, was auf dem Video zu sehen ist?", fragte der Sheriff.

Emma schüttelte den Kopf. Sie rutschte auf dem Metallstuhl hin und her, den Kopf nach unten gebeugt, und starrte auf den Bildschirm des Telefons.

Vermutlich drückte der Sheriff auf Play. Ich konnte das Video nicht sehen und der Dialog war zu leise, um ihn zu hören.

Meine Finger flechten Izzies Haare und ich versuchte, mich von der Last dessen abzulenken, was hinter der

Glasscheibe geschah. Vielleicht hätten Izzie und ich gehen sollen. Emma hatte gewollt, dass wir sie unterstützen, aber wenn sie darin verwickelt war, bin ich mir nicht sicher, ob ich das wissen wollte.

„Das bist du auf den Überwachungsbildern", sagte der Sheriff. „Du gehörtest zu dem Team, das das Resort überfallen und dreiundsiebzig Menschen als Geiseln genommen hat."

Emma schürzte ihre Lippen und verschränkte ihre Arme vor der Brust. „Ich war ein Opfer."

„Das ist nicht das, was ich sehe. Was ist mit diesem Video?" Er tippte auf sein Handy und einen Moment später wurde ein weiterer Clip im Verhörraum abgespielt.

Wieder konnte ich nicht hören, was gesagt wurde, aber meine Brust schmerzte, weil es mir schwerer fiel, zu atmen.

„Sag mir genau, was passiert ist", sagte der Sheriff, „dann werden wir dich vielleicht nicht wegen Mordes anklagen."

Mehrere Sekunden lang herrschte Schweigen im Raum, bevor sie sich räusperte und antwortete. „Ich habe immer an der Rezeption des Blue Sky Resorts gearbeitet. Es war meine Aufgabe, Kunden einzuchecken und Reservierungen entgegenzunehmen. Stell dir vor, wie überrascht ich war, als einer der Scout-Manager aus Hollywood eine Suite gebucht hatte. Ich hatte das alles nicht geplant. Das musst du mir glauben."

Während sie sprach, machte er sich Notizen. „Woher wusstest du, dass der Kunde ein Scout-Manager ist?"

„Ich habe früher in Los Angeles gelebt. Ich habe für das Studio gearbeitet und war die persönliche Assistentin von Mr. Joseph Kensington. Er war mein Chef", sagte Emma. Sie stieß einen schweren Seufzer aus. „Er war auch ein Arschloch, wenn ich das sagen darf. Er flirtete gerne mit allen Angestellten, auch mit mir. Einmal bat er mich, in sein Büro zu kommen, als die Tür geschlossen war. Er hatte ein eigenes Bad und war gerade dabei, sich einen runterzuholen, als ich hereinkam."

„Du dachtest also, es wäre eine gute Idee, ihn zusammen mit den anderen Gästen des Resorts als Geisel zu nehmen?"

Emma rieb sich die Augen. „Das war nicht meine Idee." Sie stützte ihre Hände auf den Tisch und klopfte mit den Fingern auf das Metall. „Ich erzählte Ian, was mein Chef getan hatte und dass ich entlassen worden war. Er sagte mir, dass niemand sonst verletzt werden würde. Dass seine Kumpels dafür sorgen würden, dass Kensington niemanden mehr belästigt. Sie würden ihn ein wenig aufmischen und dann sein Hotelzimmer ausrauben. Wir schätzten, dass er wahrscheinlich ein paar Tausend in bar dabei hatte. Es sollte keine große Sache sein. Ian hat es zu weit getrieben."

„Hat Ian einen Nachnamen?"

Ihre Zunge schoss heraus und strich über ihre Oberlippe. „Ja. Ian Connor."

Die Luft fühlte sich an, als wäre sie aus meinen Lungen gesaugt worden. War Emma an der Geiselnahme beteiligt? Der Raum drehte sich und ich stolperte zu einem Stuhl, um mich zu setzen.

„Ella?", flüsterte Izzie und starrte mich an. Sie stupste mich an der Wange, während sie über mir auf dem Tisch saß.

Ich griff nach Isabellas Hand und gab ihr einen Kuss. Ich wollte sie nicht beunruhigen. Ich versuchte, Emmas Stimme von der anderen Seite des Raumes zu ignorieren, aber es war sinnlos. Ich hörte alles, was sie sagte, und je mehr sie sprach, desto weniger reumütig klang sie.

„Das bringt uns immer noch nicht zu dem Teil über die Männer, die das Gelände angegriffen haben, aber ich glaube, es könnte einen Zusammenhang geben." Der Sheriff griff nach seiner Akte und blätterte durch eine Reihe von Fotos. „Erkennst du einen dieser Männer?"

Sie schob die Akte weiter weg, in Richtung des Sheriffs. „Nein. Sollte ich?"

„Das waren alles Geiseln in der Ferienanlage. Jemand, der vielleicht einen Rachefeldzug gegen ihre Entführer führt. Zwei der Männer sind dafür bekannt, dass sie mit einem Verbrechersyndikat in Chicago zusammenarbeiten." Er blätterte durch die Fotos und schob das Bild auf den Tisch. „Sieh es dir noch einmal an."

Emma atmete laut durch ihre Nase aus. „Ja. Ich habe die beiden im Resort gesehen. Sie saßen mir im Flur gegenüber, als ich mit den anderen Geiseln festgehalten wurde, aber das sind nicht die Männer, die heute das Gelände gestürmt haben."

„Hast du gesehen, wer geschossen hat?"

„Ich habe sie nicht erkannt, aber ich habe sie mir genau angesehen, bevor ich zu Fuß losgerannt bin. Sie könnten mit diesen Typen befreundet gewesen sein." Sie tippte auf das Bild. „Aber sie waren es nicht. Hast du die Sicherheitsvideos vom Gelände überprüft?"

Der Sheriff schob seinen Stuhl zurück, die Füße quietschten bei seinen Bewegungen. „Welche Sicherheitsvideos?"

„Jayden hat Kameras an der Umzäunung angebracht. Ich dachte, das sei dumm und Geldverschwendung, aber vielleicht hilft es dir, die Männer zu fangen, die das getan haben?"

Seine Augen verengten sich. „Ich werde einen Zeichner mit dir zusammenarbeiten lassen, um eine Darstellung der Männer zu erstellen, die das Gelände angegriffen haben. Kannst du das für uns tun?"

„Ja, klar." Emma zwirbelte ihr Haar mit ihrem Finger. „Kann ich eine Flasche Wasser und etwas zu essen bekommen? Ich bin am Verhungern."

Ich stand auf, weil ich Emmas Possen nicht mehr ertragen konnte.

Ich wickelte Izzie in ihren Wintermantel und trug sie aus dem Polizeirevier zu meinem Auto. Zum Glück hatte ich es schon früh am Nachmittag abgeholt, als Skylar zur Arbeit gegangen war.

Ich öffnete die Hintertür und setzte sie in den Autositz, den ich eingebaut hatte. Jaxson hatte einen Ersatzsitz im Haus, der mir sehr gelegen kam. Nachdem sie angeschnallt war, kletterte ich auf den

Vordersitz, ließ den Motor an und schrieb Skylar eine SMS.

Ich nehme Izzie mit, um Mason zu besuchen. Er ist im Krankenhaus. Ich komme spät nach Hause.

Ich habe das nicht weiter ausgeführt. Wenn sie Fragen hatte, konnte sie mich anrufen. Ich erkundigte mich nach dem Krankenhaus, in das Mason gebracht worden war, und rief dort an, um sicherzustellen, dass er Besuch empfangen konnte.

Offenbar war er mit dem Flugzeug ins Sanford Health gebracht worden, ein Traumazentrum der Stufe eins, mehr als zehn Stunden von Breckenridge entfernt.

„Scheiße!"

Izzie wiederholte meinen Fluch. „Fuck. Fuck. Fuck!"

Ich stieß einen langen, schweren Seufzer aus. Solch ein Mist. Ich konnte ihr nicht böse sein; sie verstand nicht, was sie tat, als sie mich wiederholte. Hoffentlich würde sie aufhören, „Fuck" zu sagen, bevor Jaxson nach Hause kam.

Wann würde er zurück sein?

Ich starte den Wagen, verlasse den Parkplatz der Polizeiwache und fahre mit Izzie nach Hause. „Ich schätze, wir sind dann beide allein." Zumindest, bis

Skylar nach Hause kommt . Ich hatte den Eindruck, dass sie mich nicht mochte, aber ich war mir nicht sicher, warum.

Wir fuhren zurück zu Jaxsons Haus. Jeder Teil von mir war erschöpft. Ich war bereit, ins Bett zu gehen, musste aber noch das Abendessen zubereiten. Ich trug Izzie zum Haus und setzte sie auf der Veranda ab, während ich meine Schlüssel herausholte. Als ich sie aus meiner Handtasche holte, fiel mein Blick auf die Tür.

Verdammt!

Die Haustür stand einen Spalt offen. Ich hatte sie nicht offen gelassen. Ich hatte sie abgeschlossen, als ich ging, und von Skylar war keine Spur zu sehen. Die Alarmanlage war nicht eingeschaltet, oder zumindest war sie nicht losgegangen, soweit ich das vermuten konnte.

Hatte ich daran gedacht, sie einzuschalten, als wir gegangen waren?

Ich hob Izzie auf meine Arme, ging rückwärts und stieß mit einem Mann zusammen, der an der Seite des Hauses aufgetaucht war. Ich spürte, wie sich der Lauf seiner Waffe an meinen Rücken schmiegte.

„Willkommen zu Hause", sagte er, seine Stimme war ruhig und gleichmäßig, fast ein bisschen zu freundlich. Lag es daran, dass ich Izzie auf dem Arm hatte?

„Was willst du?" Ich führte Izzie nach unten und stellte ihre Füße auf den Boden. Ich wollte nicht, dass sie über meine Schulter zu dem Mann schaut, der seine Waffe auf mich richtet.

„Lass uns hineingehen und ein wenig plaudern."

Izzie ging hinein, und ich griff langsam nach dem Schalter um das Licht anzuschalten. „Ist das wirklich nötig?", fragte ich und nickte in Richtung der Waffe. „Hier ist ein Kind. Müssen wir dem Mädchen unbedingt Albträume bereiten?"

„Ruf den Typen von Eagle Tactical an. Wie heißt er?"

„Ich weiß nicht, wovon du sprichst", sagte ich und stellte mich dumm.

Er trat hinter mir ins Haus und schloss die Tür. „Ruf deinen Chef an. Sag ihm, dass Nikolai hier ist und einen Handel will."

Langsam zog ich mein Handy heraus und wählte Jaxson an. „Ich weiß nicht, ob er rangeht. Er ist nicht in der Stadt." Ich wollte nicht näher auf seinen Flug oder die Details der Mission eingehen.

„Hey, wir sind hier in Chicago gerade fertig geworden."
Seine Stimme war fröhlich, sorglos und entspannt. Ich
wollte ihn fragen, ob alles gut gelaufen war, aber das
konnte ich nicht, nicht mit dem Fremden im Haus.

Ich sprach langsam und deutlich und tat mein Bestes,
um nicht in Panik zu geraten. „Jaxson." Wenigstens war
die Waffe nicht mehr auf mich gerichtet, was mir
ermöglichte , mich zu wehren. Das einzige Problem
war Izzie. Ich wollte ihr Leben nicht riskieren. „Du
musst nach Hause kommen."

„Was ist los? Ist mit Izzie alles in Ordnung?" fragte
Jaxson.

Nikolai hatte sie noch nicht angefasst, aber das hieß
nicht, dass er es nicht tun würde. Ich würde sie bis
zum bitteren Ende beschützen, aber was nütze ich
Izzie, wenn ich nicht mehr am Leben bin?

Mein Blick hob sich von Izzie zu dem Mann, der uns in
Jaxsons Haus als Geiseln hielt. „Es ist Nikolai. Er ist
hier und will einen Handel."

Es kam keine Antwort.

„Jaxson?" Ich nahm mein Handy vom Ohr und schaute
auf den Bildschirm. „Toll", murmelte ich vor mich hin.

„Was?", fragte Nikolai, als er grübelnd näher kam.

„Der Anruf wurde abgebrochen." Ich zeigte Nikolai mein Handy. Ich hatte nicht aufgelegt und ich war mir sicher, dass auch Jaxson den Anruf nicht aufgelegt hatte.

„Ruf ihn zurück."

Ich hatte null Balken. „Ich habe keinen Empfang."

Nikolai drückte mir sein Handy in die Hand. „Ruf ihn an", forderte er.

Ich wählte Jaxsons Telefon und atmete erleichtert auf, als er abnahm. „Ariella?"

„Ja. Nikolai ist hier. Er hat eine Nachricht, die ich dir geben soll."

Nikolai riss mir das Telefon aus den Fingern, weil er die Geduld mit mir verloren hatte. „Ich weiß, dass du im Besitz meiner Schwester Hazel bist."

Er starrte mich an und ließ seine Augen über meinen Körper gleiten, bevor er Izzie ansah.

„Bring sie zu mir, oder du suchst einen Sarg für das kleine Mädchen aus."

KAPITEL DREIUNDZWANZIG

JAXSON

„Ich bringe ihn um!", rief ich und starrte auf mein Telefon. Der Bastard hat das Leben meiner Tochter bedroht und dann wie ein Feigling aufgelegt.

Lincoln legte mir eine Hand auf den Arm. „Wir werden nicht zulassen, dass Izzie etwas zustößt, und wir wissen, dass Ariella bei ihr ist. Sie wird sie beschützen. Wie sieht der Plan aus?"

Ich konnte nicht mehr klar denken. Mein Herz klopfte gegen die Wände meines Brustkorbs und versuchte, sich aus seinem Gefängnis zu befreien. Ich machte mich zu Fuß auf den Weg zu unserem Auto, das auf der anderen Seite der Absperrung geparkt war.

„Jemand hat Nikolai einen Tipp gegeben", sagte ich.

Lincoln, Hazel und Aiden folgten mir. Lincoln kramte die Autoschlüssel für den Mietwagen aus seiner Tasche, während Hazel mit mir Schritt hielt und neben mir lief.

„Glaubst du, es war Franco?", fragte Lincoln. Er drückte den Knopf auf der Fernbedienung, um die Türen zu entriegeln.

Ich eilte zum Auto und kletterte hinein.

„Das bezweifle ich", sagte Hazel. Sie öffnete die Tür und hüpfte auf den Rücksitz. „Franco war überzeugt, dass Nikolai einen Flug nach Hause organisiert hatte, als er erfuhr, dass ich wieder in Chicago war. Wir haben darauf gewartet, dass er nach Hause kommt. Ich dachte, er sei auf dem Weg."

Lincoln und Aiden kletterten ins Auto. Lincoln ließ den Motor an und raste aus dem Viertel zum Flughafen.

„Wer wusste noch, dass du in Chicago bist?", fragte ich und drehte mich um, sodass ich sie ansehen konnte. Ich glaubte nicht, dass sie mich anlügen würde, aber ich war mir auch nicht mehr sicher, was zum Teufel los war. Warum zum Teufel war Nikolai in meinem Haus und bedrohte meine Tochter und Ariella?

„Ist das wichtig?", fragte Lincoln. „Wir müssen uns einen Plan einfallen lassen. Ich werde Declan anrufen und ihm sagen, was los ist. Er kann dein Haus überwachen. Vielleicht kann er sich hineinschleichen oder weiß zumindest, mit wie vielen Männern wir es zu tun haben."

„Zumindest Nikolai und sein Fahrer, Sacha", sagte Hazel. „Sie fahren überall zusammen hin. Ich bin überrascht, dass Nikolai mich nicht mit ihm verheiratet hat." Sie rutschte auf dem Rücksitz hin und her und starrte aus dem Fenster.

„Kannst du noch schneller fahren?", fragte ich und starrte Lincoln an. Der Verkehr war vielleicht nicht Lincolns Schuld, aber wir hatten definitiv nicht die beste Route gewählt. Ich kannte mich in Chicago nicht aus, aber es musste eine andere Möglichkeit geben, zum Flughafen zu kommen.

———

Die Fahrt zum Flughafen war zwar mühsam, aber nicht so anstrengend wie der Flug nach Hause. Wir hatten einen Privatjet, aber das bedeutete nicht, dass wir schneller ankamen als mit einem Linienflug.

Als wir endlich gelandet waren, schrieben wir Declan eine SMS.

Flug gelandet. Wir sind auf dem Weg. Bitte sag mir, dass du gute Nachrichten hast.

Ich wollte, dass die Mission zu Ende ist, dass Izzie und Ariella in Sicherheit sind und die Operation hinter uns liegt. Das war Wunschdenken.

Declan hat nicht geantwortet. Wir stürmten aus dem Flugzeug und direkt zu meinem Truck. Ich setzte mich auf die Fahrerseite und ließ niemanden die Zügel in die Hand nehmen. Es war schwer, sich nicht nach Kontrolle zu sehnen, besonders wenn es um meine eigene Familie ging.

„Bist du sicher, dass du nicht den Sheriff anrufen und die Polizei einschalten willst?", fragte Aiden vom Rücksitz aus.

„Nein. Wir machen das inoffiziell."

Auf dem Rücksitz von Declans Truck befand sich ein Versteck mit Waffen und Vorräten für uns. Das würde uns einen zusätzlichen Stopp im Büro von Eagle Tactical ersparen.

„Gibt es etwas Neues von Declan?", fragte ich. Mein Handy steckte in meiner Tasche, aber ich hatte unsere Nachricht per Gruppentext verschickt, sodass jeder der Jungs antworten konnte, wenn er antwortete.

Ich warf einen Blick auf Lincoln, der neben mir auf dem Vordersitz saß.

Lincoln zog sein Handy heraus, sah sich die Texte an und schüttelte dann den Kopf. „Noch nichts. Habt ihr keine Überwachungskameras in eurem Sicherheitssystem?"

„Sie sind deaktiviert, genauso wie die Alarmanlage. Ich habe versucht, auf das System zuzugreifen, als wir unseren Flug erwischten, aber ich konnte mich nicht in das Wi-Fi-System einklinken."

„Glaubst du, er hat den Strom abgeschaltet?", fragte Hazel.

„Ich weiß es nicht. Es gibt ein Batterie-Backup-System, aber das hätte er auch abschalten können, wenn er gewusst hätte, wie man sich in das System hackt. Es sieht so aus, als wäre das System entschärft und gehackt worden."

Ich hatte gehofft, dass es unangreifbar ist, aber Declan könnte es gehackt haben. Ich war mir über Nikolais Fähigkeiten oder den Mann, der ihn begleitet hatte nicht sicher.

„Mein Bruder ist ein Schläger. Er kann gut mit einer Waffe umgehen und lässt seine Männer die

Drecksarbeit machen. Nikolai weiß nicht, wie man etwas hackt", sagte Hazel.

Vielleicht hätte mich das aufmuntern sollen, aber das tat es nicht.

„Scheiße. Ich muss Skylar anrufen und sie warnen, dass sie jetzt nicht nach Hause kommen soll." Ich wollte Nikolai nicht noch eine Geisel geben. Er hatte sie nicht erwähnt, was bedeutete, dass sie nicht zu Hause sein konnte.

Ich benutzte die Sprachwahl und wartete auf Skylars Antwort. Es ging direkt die Mailbox an. „Hör zu, komm jetzt nicht nach Hause. Im Haus ist etwas los, du musst in mein Büro gehen. Dort steht ein Sofa, richte dich dort für die Nacht ein."

Ich beendete das Gespräch. Meine Augen verengten sich, als ich mich auf die Straße konzentrierte. Ich hätte Skylar früher anrufen sollen, als ich noch in Chicago war. Wenn sie schon von der Arbeit nach Hause gekommen wäre und Nikolai eine dritte Geisel hätte, würde ich mir das nie verzeihen.

Wir rasten den Bergpass hinauf und die Schotterstraße hinunter zu meinem Haus, das immer näher kam. Ich stellte den Motor ab und schaltete den Truck ein paar Meter vor dem Haus aus. Ich wollte Nikolai nicht warnen, dass wir angekommen waren. Wir mussten die Oberhand behalten.

Mit leiser Präzision schlichen wir uns aus dem Truck und schlossen die Türen, um niemanden im Haus zu alarmieren. Ich schlich mich an Nikolais Fahrzeug vorbei. Der Fahrer war nach vorn gesunken, tot.

Hatte Declan ihn ausgeschaltet, oder Nikolai? Das würde ich später herausfinden, aber jetzt musste ich erst einmal zu unserer Ausrüstung kommen und Izzie und Ariella retten.

Leise zog ich am Türgriff von Declans Fahrzeug und schob die Ausrüstung vom Rücksitz auf den Boden, um unser Team mit Waffen und Ausrüstung für die Mission auszustatten.

Wir mussten davon ausgehen, dass Nikolai bewaffnet und auf unsere Ankunft vorbereitet war. Es bestand keine Chance, dass wir durch die Vordertür hineingehen können.

Ich nahm die Umgebung in Augenschein und lauschte auf Anzeichen von anderen bewaffneten Männern, die uns beobachtet haben könnten. Der Fluss plätscherte östlich von mir, aber das war das einzige Geräusch, das meine Ohren erreichte. Mit vorsichtiger Präzision schritten wir schweigend voran und näherten uns dem Haus.

Aiden folgte hinter mir und Lincoln war der Schlussmann. Ich war nicht begeistert, dass Hazel mit uns kam, aber wenn wir sie nicht als Köder benutzten, war die Wahrscheinlichkeit größer, dass Nikolai mein kleines Mädchen oder Ariella erschießen würde. Hazel würde er nicht erschießen; zumindest war ich mir weitgehend sicher, dass er ihr nichts antun würde.

Es gab keine Garantien. Er hatte sie verkauft, um sie zu verheiraten.

Ich hielt den Atem an, als wir uns dem Haus näherten, und lauschte auf Geräusche aus dem Inneren und auf Hinweise, wo sie sich aufhielten.

Aiden klopfte mir auf den Rücken und ich warf einen Blick über meine Schulter. Er deutete auf den Boden, wo das kaputte Handy auf dem matschigen Schnee lag, der zu schmelzen begonnen hatte.

Declans Handy war fallen gelassen worden, und der Bildschirm zerbrochen. Ich neigte meinen Kopf nach oben und sah auf das Dach. War er auf das Dach geklettert und hatte sein Handy fallen lassen?

Mit einem schelmischen Grinsen winkte er uns zu.

Dieser Mistkerl.

Er war mit seinem Scharfschützengewehr in Position. Obwohl ich es zu schätzen wusste, dass er dafür sorgte, dass sich keine anderen Arschlöcher im Wald versteckten und er die Oberhand hatte, musste ich auch ins Haus gelangen. Auf dem Dach zu liegen, würde mir nicht helfen, Izzie und Ariella zu retten.

Wir mussten einen Weg ins Innere des Hauses finden, aber nicht durch die Vordertür.

KAPITEL VIERUNDZWANZIG

ARIELLA

Ich hatte noch Stunden Zeit, bis Jaxson aus Chicago zurückflog und in Breckenridge ankam. Er würde Hazel nicht an Nikolai ausliefern, wenn er dafür seine Tochter und meine Sicherheit erhält.

Nikolai war kein Idiot. Er musste das Gleiche vermuten, was bedeutete, dass er noch ein anderes Machtspiel hatte. Ich war mir nur nicht sicher, was er plante.

Er hatte sich mein Handy zusammen mit seinem Handy geschnappt und beides in seine Tasche gesteckt. Nicht, dass ich damit gerechnet hätte, dass mein Entführer mir einen weiteren Anruf erlauben würde.

„Warum bist du hier?", fragte ich und starrte ihn an. Obwohl er ein ganzes Stück größer als ich war, erweckte ich nicht den Eindruck, als hätte ich Angst vor ihm.

Das war ein großer Fehler.

Er schlug mir den Lauf der Waffe gegen die Wange und stieß mich nach hinten, sodass ich über das Spielzeug auf dem Wohnzimmerboden stolperte.

Ich konnte mich fangen, aber nicht, bevor Nikolai nach vorn stürzte und mich auf das Sofa schubste.

„Setz dich", befahl er—ein einziges Wort, mit einer Autorität, die mir Schauer über den Rücken laufen ließ.

Izzie kam auf mich zugerannt. Sein Tonfall musste sie erschreckt haben. „Komm her", sagte ich und streckte meine Arme aus, als sie auf meinen Schoß kletterte.

Sie klammerte sich fest an mich, während sie sich vorher nicht an dem Fremden gestört hatte, weil sie sich der Gefahr nicht bewusst war, schien sie jetzt zu verstehen, dass wir in Schwierigkeiten waren.

Izzies Arme schmiegten sich um meinen Hals. Ich verlagerte ihr Gewicht und ließ sie auf meinem Schoß sitzen, meine Arme schützend und tröstend um sie gelegt.

„Würdest du das weglegen?" Ich deutete auf die Waffe, mit der er mich kurz zuvor angegriffen hatte. „Du machst ihr nur Angst." Ich wollte nicht zugeben, dass ich auch Angst hatte. Wahrscheinlich machte es ihm Spaß, Frauen zu erschrecken.

Nikolai schnaufte leise und schob die Pistole in den Bund seiner Hose. „Mach keine Dummheiten", sagte er. Seine Augen verengten sich, und er musterte Izzie und mich von Kopf bis Fuß.

Ich schluckte die Galle hinunter, die in meiner Kehle aufstieg, und die Angst pulsierte durch meine Adern und pumpte wie Sauerstoff in mein Herz. Er würde uns nicht gehen lassen, und angesichts seiner blutigen Vergangenheit auf dem Gelände brauchte ich einen Plan.

Denk nach.

Ich klammerte mich an Izzie, aber das beruhigte die Angst nicht, die in meinem Magen wie verdorbenes Fleisch verfaulte. Ein dünner Schweißfilm überzog meine Stirn. Ich wischte mir über die Stirn und starrte auf den Boden. Das Letzte, was ich wollte, war, bedrohlich zu wirken.

Nikolai hatte das Sagen.

Ich musste mich klein und unbedeutend machen. Nicht so sehr, dass er mich töten würde, sondern so, dass er mich nicht als bedrohlich empfindet. Was hatte ich in meiner Ausbildung bei der CIA gelernt?

Ich konnte ihn entwaffnen, aber das setzte voraus, dass nicht noch andere bereit waren, mich zu erschießen, sobald ich die Haustür öffnete. Oder noch schlimmer: Was, wenn er seine Waffe abfeuerte und Izzie erschoss?

Ich könnte nicht damit leben, wenn ihr etwas zustoßen würde. Jaxson würde mir nie verzeihen.

Versetz dich in seinen Kopf.

Wie tickt er? Was war sein Ziel? Zweifellos wollte er nicht mit Hazel an seiner Seite hinaus stolzieren und nach Chicago zurückkehren. Nein. Er war ein Mafioso mit Blutdurst.

Wenn ich ihn fragte, warum er das tat, würde er mich aussperren. Ich musste tiefer graben. Ich warf einen Blick auf die Uhr. Wir hatten noch mindestens ein paar Stunden Zeit. Konnte ich ihn zum Reden bringen?

Mein Mund war trocken und meine Worte kamen heiser heraus. „Wir werden noch eine Weile hier sein.

Kann ich aufstehen und ein Buch für Izzie holen, um ihr vorzulesen?", fragte ich. Ich rührte mich nicht von meiner Position auf dem Sofa und deutete auf das Bücherregal im Esszimmer, das direkt hinter uns stand.

„Du rührst dich nicht", sagte Nikolai. Er schritt durch den Raum und blieb für den Bruchteil einer Sekunde stehen, bevor er ein Buch aus dem Regal riss. Er schlurfte zurück ins Wohnzimmer und stand vor uns. „Hier." Er warf mir ein weiches, lavendelfarbenes Taschenbuch zu.

Alices Abenteuer im Wunderland.

Ich war verwundert, dass es ein Kinderbuch war, das er gefunden hatte. Er war so schnell gewesen, dass ich dachte, er hätte das erste Buch genommen, das er im Regal gefunden hatte.

„Danke", sagte ich und schlug das Buch auf und begann mit der ersten Seite. „Hast du das schon mal angesehen ?", fragte ich Izzie. Hoffentlich war es nicht zu anspruchsvoll für sie, aber es war ein Klassiker.

Nein, sie schüttelte den Kopf.

„Es wird ihr gefallen." Nikolai ging mehrmals durch den Raum, bevor er sich in die Ecke des Zimmers stellte, nur ein paar Meter entfernt, und uns beobachtete. Er verschränkte die Arme vor der Brust. „Lies es ihr vor."

Ich blätterte die Titelseite um und schlug das erste Kapitel auf.

„Abwärts in den Kaninchenbau", sagte ich und las die Überschrift des ersten Kapitels, während Izzie mit ihrem Po wackelte und sich in meinen Armen zusammenrollte.

Während ich las, entspannte sich ihr Körper und jedes Wort schien sie zu beruhigen. Könnte es daran liegen, dass sie sich durch die Ablenkung besser fühlte?

„Alice hatte es langsam satt, neben ihrer Schwester auf der Bank zu sitzen und nichts zu tun zu haben. Ein oder zweimal hatte sie in das Buch geschaut, das ihre Schwester las, aber es enthielt keine Bilder oder Gespräche, 'und was nützt ein Buch', dachte Alice, 'ohne Bilder oder Gespräche?'"

Izzie legte ihre Hand auf meine Brust, über mein Herz, während sie ihre Augen schloss. Ich war neidisch, dass sie alles verschlafen konnte, auch einen Verrückten, der mit einer Waffe auf uns zielt. Nun, im Moment war die Waffe in seiner Hose verstaut, aber sie war in seiner Reichweite.

Ich las weiter, Seite für Seite. Ihr Körper sackte zusammen und sie schlief in meinen Armen ein. Ein Seufzer der Erleichterung kam über meine Lippen, als ich das zweite Kapitel beendete.

„Lies weiter", verlangte Nikolai von mir.

Ich tat, was er sagte, aber nur, weil er seine Waffe auf mich richtete und uns beiden mit dem Leben drohte, wenn ich nicht tat, was er befahl.

Gelegentlich blickte ich auf, während ich leise flüsterte, um zu sehen, dass ein seltsamer Anflug von etwas Vertrautem über Nikolais Gesicht ging.

„Das hast du schon mal gelesen", sagte ich. Die einzige Lösung war, ihn dazu zu bringen, sich zu öffnen und zu reden. Wenn ich einen Weg finden könnte, der ihn anspricht, würde er vielleicht unser Leben verschonen.

„Wir werden nicht reden", sagte Nikolai. Mit seinen Fingern deutete er mir an, die Seite umzublättern und weiterzulesen.

Um einen Konflikt zu vermeiden, klappte ich das Buch nicht zu. Allerdings tat ich auch nicht, was er wollte. Ich blätterte die Seite nicht um, sondern ließ das Buch offen und starrte Nikolai mit großen Augen an. „Deine Schwester Hazel ist ein ganzes Stück jünger als du."

Ich wusste zwar nicht, wie alt Nikolai war, aber die Jahre hatten seine Haut, seine Stirn, seine Hände und seinen Halsaltern lassen . Stress lässt einen Menschen altern; das gilt auch für Mord.

Er hielt mich nicht auf, aber er kommentierte meine Beobachtung auch nicht.

„Hast du Hazel dieses Buch vorgelesen, als sie klein war?", fragte ich. Konnte ich die guten Erinnerungen heraufbeschwören, und er würde zur Vernunft kommen?

Er kam aus der Zimmerecke heraus, die Arme immer noch schützend vor seiner Brust verschränkt. Im Augenblick versuchte er nicht, mich zu erschrecken oder Izzie zu wecken. Er schritt mit festem Blick durch den Raum hin und her.

Nikolais Hände fielen an die Seite, seine Hände ballten sich zu Fäusten. „Ich habe das Buch meiner Schwester vorgelesen, aber es war nicht Hazel."

„Du hast noch eine Schwester?" War auch sie verkauft und mit einem anderen Gangster verheiratet worden? Ich hielt meine Zunge im Zaum; diese Frage war nicht angebracht, wenn ich wollte, dass er sich öffnet und einen Ausweg aus dieser Katastrophe findet.

Ich musste vorsichtig vorgehen, wenn ich ihn verhören wollte, ohne dass er merkte, was ich tat.

Seine Unterlippe schob sich vor, und seine Oberlippe spannte sich an. Einmal durchfuhr ihn ein Zucken, das seine Augen weich werden ließ. So schnell, wie es passiert war, grunzte er und schlurfte mit den Füßen, um lauter zu laufen.

Bitte wecke Izzie nicht auf.

Er konnte meine Gedanken nicht lesen. Nicht, dass ich das von ihm erwartet hätte, ich wollte nur nicht, dass sie wieder Angst hat. Sie verdiente einen friedlichen Schlaf ohne Albträume. Ich war mir nicht sicher, ob ich so viel Glück haben würde, wenn ich heute überleben würde.

„Ja, ich hatte vor Hazel eine kleine Schwester. Ihr Name war Rebecca." In seinem Blick blitzte etwas auf, ein Flackern, das mich glauben ließ, dass er nicht immer das Monster war, zu dem er geworden war.

„Du hast ihr immer *Alices Abenteuer im Wunderland* vorgelesen?" Ich musste ihn dazu bringen, die Verbindung, die Vertrautheit zu erkennen, dann würde er Izzie vielleicht nicht in Gefahr bringen. Wenn er nur ihre Unschuld erkennen würde und dass sie ein unschuldiges Kind ist.

Er hörte auf, auf und ab zu gehen und beugte sich über uns.

Ich zitterte vor seiner Gegenwart, vor seiner grüblerischen Art, die mich klein und unbedeutend erscheinen ließ.

Nikolai streckte seine Hand nach mir aus, und ich erschauderte vor Angst.

Er griff nach der Decke, die auf der Rückseite des Sofas lag, breitete sie aus und legte sie über Izzie, die schlief.

Die Wärme tröstete auch mich. War er nicht das Monster, für das ihn alle hielten? Ich wusste nicht, wie ich ihn fragen konnte, ob er alle auf dem Gelände erschossen hatte, ohne dass er in die Defensive ging und eine Mauer aufbaute.

„Danke", flüsterte ich und starrte zu ihm hoch.

Er grunzte und trat zurück. Seine Nasenlöcher flatterten, als er schwer ein-und ausatmete.

„Stehen du und Rebecca euch noch nahe?", fragte ich. Ich musste weiter Fragen stellen, um zu verstehen, was er tat und vielleicht einen Ausweg finden.

Nikolais Blick wurde finster. „Sie ist tot."

Kein weiteres Wort wurde gesprochen. Er sagte nicht, wie und wann sie gestorben war.

„Es tut mir leid." Ich hatte es ernst gemeint; ob er es nun wusste oder nicht, der Verlust von Geschwistern war die Hölle. Ich hatte meine Schwester nicht verloren, nicht körperlich, aber emotional hatten wir uns auseinandergelebt. Ich hatte ein Kind verloren, und das war herzzerreißend gewesen.

Er starrte mich lange und intensiv an, bevor er einmal nickte. „Ja. Ich auch. Das gehört dazu, wenn man im Familiengeschäft ist", sagte Nikolai. Er zuckte mit den Schultern, als ob es keine Rolle mehr spielen und alles der Vergangenheit angehören würde.

„Es muss keine Kosten geben. Du musst nicht ständig Leute umbringen", flüsterte ich.

Seine Füße knallten auf den Boden, als er seine Waffe zückte und sie auf meinen Kopf richtete. „Halt's Maul!"

Ich war zu weit gegangen.

Ich schloss meine Lippen und ließ meinen Blick auf den Boden sinken. Ich hielt Izzie schlafend in meinen Armen. „Lass mich sie nach oben ins Bett bringen."

„Nein."

Ich musste sie beschützen, aber das konnte ich nicht, wenn ich den Lauf einer Waffe an meiner Stirn hatte.

Wenn ich sterben würde, wer beschützt dann Izzie? Jaxson würde es tun, wenn er kommt, aber wie lange wird es noch dauern, bis das passiert? Ich konnte nicht zulassen, dass sie verletzt wurde. Jaxson war für mich da und hatte mich gerettet. Ich verdanke ihm mein Leben.

„Sie muss nicht mit hineingezogen werden, Nikolai. Das ist eine Sache zwischen dir und mir."

Er verdrehte die Augen und entsicherte die Waffe. „Nein."

Ein einziges Wort. Das war alles, was er sagte, und ich könnte bis zum letzten Atemzug argumentieren. Aber was würde das Izzie nützen?

„Gut." Ich habe nicht widersprochen. Das würde nichts nützen. Ich musste ihn dazu bringen, sich mir weiter zu öffnen. Das würde er nicht tun, wenn er mit seiner Waffe schussbereit war. „Es tut mir leid", entschuldigte ich mich. „Du hast das Sagen."

„Verdammt richtig, ich habe das Sagen!", knurrte er.

Ich habe mich nicht bewegt. Ich habe nicht gezuckt. Er musste merken, dass ich keine Bedrohung darstellte, vielleicht würde er dann die Waffe weglegen.

Stille umhüllte den Raum.

Mein Herz pochte gegen meine Brust. Konnte er die Angst spüren, das Adrenalin, das durch meine Adern floss?

Sein Atem war schwer und laut und erfüllte den stillen Raum.

Nach einigen Minuten zog er seine Waffe von meiner Stirn weg, sicherte sie wieder und schob sie in den Hosenbund.

Ich schloss die Augen und war erleichtert, dass er seine Pistole nicht mehr auf mich richtete. Wir waren noch nicht fertig. Ich war nicht sicher, bevor er in Handschellen ins Gefängnis gebracht wurde. Hatte Jaxson den örtlichen Sheriff angerufen?

Ich hatte keine Sirenen gehört, aber vielleicht waren sie schlau genug, uns nicht zu warnen?

Mit leiser und zaghafter Stimme brauchte ich Antworten. „Was wird mit Hazel geschehen?"

Nikolai hatte deutlich gemacht, dass er seine Schwester zurückhaben wollte. Ich glaubte zwar nicht, dass er Izzie oder mich gehen lassen würde, aber ich war mir nicht sicher, was er mit seiner Schwester vorhatte.

„Was kümmert dich das?" Er schritt wieder durch das Wohnzimmer und schaute gelegentlich aus dem Fenster. Als er sich vergewissert hatte, dass nur noch wir drei im Haus waren, richtete er seine Aufmerksamkeit wieder auf mich.

„Ich betrachte Hazel als Freundin."

Die Wahrheit war, dass ich nicht viele Freunde hatte. Ich hatte mich von allen in New York entfremdet, als mein Ex-Mann wegen Veruntreuung und Betrug in mehreren Fällen verurteilt worden war. Emma war eine Freundin gewesen, aber das war nur von kurzer Dauer.

Nikolai ging zum Kamin hinüber und betrachtete die Fotos auf dem Kaminsims. „Sie hat keine Freunde."

Ich wusste nicht, ob es stimmte, aber sie schien Mason sehr nahe zu stehen, ein Geheimnis, das ich mit ins Grab nehmen würde. Es gab keinen Grund, dass Nikolai etwas über ihn erfahren musste.

„Ich habe ihr in der Ferienanlage das Leben gerettet", sagte ich.

„Du warst im Resort, als diese Bastarde hereinkamen und Geiseln nahmen?" Nikolai stürmte auf mich zu, die Pistole wieder aus seiner Hose gezogen und in der Hand. Er schob sie mir unter den Kiefer.

„Ich war eine Geisel, genau wie Hazel", sagte ich. Dachte er, ich sei darin verwickelt? Würde er mich töten, weil ich über die Situation sprach?

Er schien aus dem Gleichgewicht zu sein. Hätte ich überrascht sein sollen?

„Aber du hast sie rausgeholt?"

„Das war nicht nur ich. Ich hatte Hilfe vom Eagle Tactical Team." Ich habe nicht erwähnt, dass ich bei ihnen angestellt bin. Ich war mir nicht sicher, ob er mich küssen oder töten würde.

Er schnaubte. „Diese Bastarde haben mich verraten. Wenn sie mit Hazel auftauchen, sind sie tot. Jeder Einzelne von ihnen, auch das kleine Mädchen."

„Niemand fasst mein kleines Mädchen an", hallte Jaxsons Stimme laut und deutlich durch das Haus.

Ich warf einen Blick über meine Schulter um nach Jaxson zu sehen.

Ich hätte schwören können, dass er hinter mir stand, aber er war nicht im Haus.

Nikolai wich von mir zurück und schaute aus dem Fenster, um sich zu vergewissern, dass Jaxson noch nicht angekommen war. „Netter Versuch!", rief er.

Er richtete seine Waffe, auf den Alarmlautsprecher, und feuerte einen Schuss ab, der die Plastik in winzige Scherben zersprengte, die im Raum herumflogen.

KAPITEL FÜNFUNDZWANZIG

JAXSON

„Ich gehe mit dir da rein", forderte Hazel, als wir das Grundstück betraten.

Ich hatte keine Zeit, zu widersprechen. Ich war zwar nicht scharf auf eine weitere Geisel, aber sie war auch der Köder. Das Einzige, was Nikolai wollte, und die einzige Möglichkeit, Izzies und Ariellas Sicherheit zu gewährleisten, war, dem Kaninchen die Karotte vor die Nase zu setzen.

„Geh aus dem Weg", warnte ich. Wir waren durch das hintere Fenster im Badezimmer eingestiegen, und Declan hatte sich durch die Verkabelung draußen in das Sicherheitssystem gehackt, um eine Ablenkung zu bieten.

Ich schlich mich durch das Fenster ins Haus.

Declan blieb auf dem Dach und hielt Ausschau, während Aiden und Lincoln mir folgten.

Hazel war hinten, ohne Waffen, aber mit einer kugelsicheren Weste, die sie schützte.

Nikolai würde doch nicht seine eigene Schwester erschießen, oder?

Declan spielte meine Aufnahme, die wir ein paar Minuten zuvor gemacht hatten, draußen über das Lautsprechersystem ab, das an der Alarmanlage befestigt war.

Der Alarm war zwar ausgeschaltet, aber nicht zerstört worden. „Niemand fasst mein kleines Mädchen an." Es war seltsam, meine eigene Stimme zu hören und gefährlich, ihn über unsere Ankunft zu informieren, aber wir mussten etwas tun.

Vom Fenster aus hatte ich gesehen, wie der Bastard seine Waffe auf Ariellas Stirn gerichtet hatte.

Ich konnte nicht riskieren, dass er sie oder Izzie erschießt.

Ich hielt meinen Kopf gesenkt; sie würden nach dem Team und nach mir suchen.

„Netter Versuch!" Nikolas Stimme schallte durch die untere Etage des Hauses. Ein einzelner Schuss ertönte, als Nikolai die Waffe auf den Lautsprecher richtete und ihn wegblies.

Wir kamen aus der Küche, Ariella saß mit dem Rücken zu mir, das Sofa zeigte in Richtung Eingangstür.

„Stehen bleiben!", rief ich, meine Waffe gezogen und auf Nikolai gerichtet.

Aiden und Lincoln hielten ihre Schusswaffen hoch, drei Männer gegen einen.

„Denk nicht mal dran", sagte Lincoln. „Nimm deine Waffe langsam runter."

„Gib mir Hazel und ich gehe weg. Du wirst mich nie wieder sehen", sagte Nikolai. Er hielt seine Waffe in einer Art Kapitulationsmanöver hoch.

Ich taute ihm nicht. Wir hatten von Declan gehört, dass der Sheriff einen Anruf erhalten hatte, dass zwei Mafiosi auf das Gelände geschossen hätten. Einer befand sich in meinem Haus, der andere, so nahm ich an, war der tote Mann in dem Fahrzeug auf meiner Auffahrt.

„So funktioniert das nicht", sagte ich. Ich hielt meine Waffe auf ihn gerichtet, als er ins Wohnzimmer kam und Izzie und Ariella aufhielt.

Aiden zog seine Handschellen heraus, die er an seinem Gürtel befestigt hatte. „Nimm die Waffe langsam runter. Arme hoch."

Nikolai hob einen Arm, um sich zu ergeben, und führte den anderen langsam nach unten.

Es rüttelte an der Klinke der Haustür und erregte unsere Aufmerksamkeit. Wer zum Teufel war auf der anderen Seite der Tür? Declan sollte doch noch auf dem Dach sein.

Skylar riss die Tür auf, trat ein und sah sich Nikolai gegenüber.

Mit der freien Hand griff er nach Skylar, zog sie an sich, packte sie an den Haaren und drückte ihr den Lauf der Waffe an den Hals.

„Lass mich los!" schrie Skylar.

„Daddy!" Izzie kreischte vor Angst.

Ich konnte mich nicht umdrehen, um mein kleines Mädchen anzusehen und ihr zu versichern, dass alles in Ordnung war. Ich musste mich auf das Monster konzentrieren, das nur ein paar Meter von mir entfernt stand und meine Schwester als Geisel hatte.

Skylar hatte keine formale taktische Ausbildung. Sie war nie beim Militär gewesen und hatte noch nie einen Tag mit Selbstverteidigung verbracht. Ich konnte mich nicht darauf verlassen, dass sie sich aus seinen Fängen befreien würde.

„Du musst das nicht tun, Nikolai", sagte Hazel. Sie kam aus dem Flur, stellte sich neben Lincoln und nahm seine Ersatzwaffe aus dem Holster an seiner Hüfte. Sie richtete die Waffe auf sich selbst und hob sie an ihre Schläfe.

„Hazel, was tust du da?" Nikolais Augen wurden groß und seine Stimme klang verzweifelt. „Denk darüber nach, was du tust, Schwesterherz."

„Wenn du sie tötest", sagte Hazel und ihre Stimme zitterte, „wirst du mich nie wieder sehen".

Da meine Waffe auf Nikolai gerichtet war, konnte ich Hazel nicht davon abhalten, etwas Dummes zu tun. Ich kannte sie nicht gut genug, um festzustellen, ob sie bluffte, aber ich konnte das Risiko nicht eingehen. „Das willst du nicht tun, Hazel."

„Doch, das will ich." Hazel nickte, ihre Hand zitterte, als sie die Waffe an ihre Haut drückte und der Lauf mit ihrem Körper verschmolz. Sie trug zwar eine kugelsichere Weste, aber die würde sie nicht retten, nicht bei dem, was sie vorhatte.

„Hör auf deine Schwester", sagte Lincoln. „Sie ist bereit, für das zu sterben, was du getan hast."

Skylar wehrte sich gegen Nikolai, zappelte in seiner Umklammerung und versuchte, sich von ihm loszureißen, aber er ließ sie nicht entkommen.

„Lass mich gehen", flüsterte Skylar und ihre Augen quollen über vor Tränen. „Bitte! Ich weiß doch gar nicht, was hier los ist. Ich werde es niemandem sagen."

Ich wollte nicht, dass er verschwindet. Nicht nach allem, was er getan hatte. „Sag Hazel, was du getan hast, Nikolai."

Nikolai schüttelte den Kopf, sein dunkles, dichtes Haar fiel ihm in die Augen. „Alles, was ich getan habe, war für dich, Hazel. Alles, was ich wollte, war dein Glück."

„Mein Glück?" Hazel spottete und trat vor, ihre Waffe immer noch auf ihren Kopf gerichtet. „Du hast mich an Franco verkauft, um seine Braut zu sein! Eher sterbe ich, als dieses widerliche Schwein zu heiraten."

Nikolai blinzelte mehrmals; sein Gesichtsausdruck wirkte verwirrt. „Was?"

„Du hast mich gehört!", rief Hazel, als sie ohne Angst näher vor ihren Bruder trat. „Ich habe es satt, dass du mein Leben leitest und es ruinierst. Ich weiß, was du und Dad getan habt. Ich weiß von den Jobs, von der falschen Agentur, für die ich gearbeitet habe, von den Freunden, die ihr bestochen habt. Ich bin kein Idiot, das weißt du."

Nikolai löste seinen Griff um Skylar, und sie eilte von ihm weg, als Lincoln sie packte und zum Schutz hinter sich zerrte.

„Sie waren nicht gut genug für dich", sagte Nikolai und richtete seine Aufmerksamkeit auf Hazel. „Es ist meine Pflicht, dich zu beschützen. Du bist meine kleine Schwester. Diese Männer haben dich nicht verdient."

„Du Bastard, das war meine Entscheidung!", brüllte Hazel ihn an. Während sie ihn anstarrte, zitterte die Waffe in ihrer Hand, ihr Finger war am Abzug.

Nikolai ließ die Waffe in seiner Hand sinken und griff nach Hazels Waffe. „Wenn du stirbst, bringe ich jeden Einzelnen von ihnen um."

„Nein, das wirst du nicht", sagte Hazel und drehte die Waffe in ihrer Hand um, drückte ab und schoss Nikolai in die Brust.

KAPITEL SECHSUNDZWANZIG

Hazel

Ich hatte es für sie getan, für jeden, den er jemals getötet, gefoltert oder verletzt hatte.

Ich drehte die Waffe von meiner eigenen Stirn auf seine Brust. Es war rücksichtslos, ohne Nachdenken oder Berechnung. Er hätte mich zur Vergeltung einfach mit seiner Waffe erschießen können. Ich hätte es ihm nicht übel genommen, wenn er es getan hätte.

Mein Finger drückte den Abzug. Es war die einzige Möglichkeit, seiner Tat ein Ende zu setzen.

Ich konnte nicht wieder nach Hause gehen. Nikolai würde nie aufhören, mich zu jagen und von mir verlangen, dass ich tue, was er will, weil wir Blutsverwandte sind.

Franco war verhaftet worden, aber jetzt, wo der Kopf der Mafia tot war, würde ein anderer Anführer aus der Asche auferstehen, und ich würde vergessen sein. Zumindest hoffte ich, dass ich vergessen werden würde.

Der Raum drehte sich; die Welt fühlte sich an, als würde sie sich in Zeitlupe bewegen.

Lincoln schlug Nikolai die Waffe aus der Hand, als er verblutend auf dem Boden lag.

Ich stolperte einige Schritte rückwärts, bevor ich auf einen warmen Körper traf. Jaxson nahm mir die Waffe aus der Hand. Ich fühlte mich kalt, leer und allein.

„Es tut mir leid", sagte Jaxson in mein Ohr. Das kalte, raue Metall der Handschellen umklammerte meine Handgelenke, als er sie hinter meinem Rücken befestigte.

„Ich verstehe." Ich hatte nichts anderes erwartet. Sie würden mich in den Knast verfrachten. Ich würde für eine lange Zeit ins Gefängnis gehen.

„Sind Handschellen wirklich notwendig?" Lincoln warf Jaxson einen Blick zu.

„Das ist nur eine Formalität", sagte Jaxson. „Ich muss wissen, dass meine Familie nicht mehr in Gefahr ist.

Ich werde den Sheriff anrufen und ihm sagen, was passiert ist."

Aiden beugte sich zu Nikolai hinunter, der auf dem Boden lag.

Um Nikolai herum sammelte sich Blut, seine Haut war blass und seine Augen waren geschlossen. Ich hatte nicht den Mut, ihn zu fragen, ob er noch atmete.

Ich wollte Nikolai töten, nach allem, was er getan hatte, um mein Leben zu zerstören, aber ich hatte mich nie für einen Mörder gehalten. Schuldgefühle lasteten schwer auf mir. Ich hatte in Notwehr gehandelt, nicht nur um mein eigenes Leben, sondern auch um das der Menschen um mich herum.

Nikolai hätte nie einen von ihnen gehen lassen.

Jaxson rief kurz den Sheriff an, während ich mich neben meinen Bruder auf den Boden setzte. Seine Haut sah kalt aus, aber ich konnte ihn nicht berühren, da ich meine Hände hinter dem Rücken hatte.

Aiden drückte auf die Wunde und versuchte, den Blutfluss zu stoppen, der aus der Wunde sickerte. Mit seiner anderen Hand tastete er nach dem Puls und schüttelte den Kopf. „Er ist tot."

Ich sackte auf meine Knie und starrte auf meinen Bruder hinunter. Ob Stiefbruder oder nicht, er gehörte immer noch zur Familie. Blut war Blut.

„Du bist jetzt mit Rebecca zusammen. Das ist besser so", flüsterte ich und starrte auf Nikolai hinunter. Ich hatte Rebecca, seine leibliche Schwester, nie kennengelernt. Er hatte viel von ihr erzählt, als wir jünger waren, wie ihr Leben verkürzt worden war, ermordet von einem anderen Gangster. Das hatte unseren Vater dazu gebracht, der Kopf der Mafia zu werden und sich zu rächen.

Ich wollte, dass es vorbei war, alles. Das Gemetzel. Die Morde. Das Töten für Blut.

———

Ich hatte meine Aussage beim örtlichen Sheriff gemacht. Das Team von Eagle Tactical hatte seine Aussage gemacht, ebenso Ariella. Wir wurden einzeln in einen Raum gebracht, befragt und dann aufgefordert, schriftlich zu erklären, was passiert war.

Ich habe gestanden, Nikolai erschossen zu haben.

Es schien, dass Nikolai auch seinen Fahrer Sacha getötet hatte, obwohl ich keine Antwort auf die Frage hatte, warum.

Ich hatte damit gerechnet, den Rest meines Lebens im Gefängnis zu verbringen, aber dann wurden mir die Handschellen abgenommen, und ich konnte gehen.

Der Staatsanwalt hatte nicht vor, Anklage zu erheben.

Wäre Nikolai noch am Leben, wäre er wegen mehrfachen Mordes angeklagt worden, nachdem er das Gelände überfallen und Dutzende Männer, Frauen und Kindern getötet hatte.

Ich dachte, ich müsste kotzen, als der Sheriff mir mitteilte, was mein Bruder als Vergeltung für das Resort getan hatte. Es war alles vorbei.

Ich verließ das Polizeirevier und war überrascht, dass Ariella auf mich wartete.

„Ich habe mich nie richtig bei dir bedankt", sagte Ariella. Sie lehnte sich an ihr Auto, die Hände in den Jackentaschen. „Wenn du dich nicht so angeboten hättest, weiß ich nicht, wie wir aus dieser Situation herausgekommen wären."

Ich zuckte mit den Schultern. „Es war nichts." Ich wollte nicht, dass sie eine große Sache daraus macht. „Hast du etwas von Mason gehört?"

Ich wollte ihn sehen, um mich zu vergewissern, dass es ihm gut geht, und ihm dafür danken, dass er mir das

Leben gerettet hat. Er war einer der Gründe dafür, dass ich noch da war, lebte und atmete.

„Wir haben bereits einen Flug nach Fargo gechartert, um ihn im Krankenhaus zu besuchen. Willst du mit uns kommen?", fragte Ariella.

„Ja. Ich muss ihn sehen und ihm dafür danken, was er für mich getan hat."

————

Ich eilte den Krankenhauskorridor entlang.

Würde Mason mich überhaupt sehen wollen? Sein Onkel Jeb ist meinetwegen gestorben.

Wenn ich ihn nicht um Hilfe gebeten hätte, wäre sein Onkel noch am Leben und Mason wäre nicht angeschossen worden.

Der Geruch von Antiseptika brannte in meinen Nasenlöchern. Im leeren Wartezimmer hielt ich inne.

„Macht es dir etwas aus, hier bei Izzie zu bleiben?", fragte Jaxson Ariella.

„Klar", sagte sie, lächelte und nahm ihrem Vater das Kleinkind aus den Armen.

Ich bot ihr an, für Jaxson auf das kleine Mädchen aufzupassen, aber dann überlegte ich es mir anders. Ich konnte nicht gut mit Kindern umgehen und ich wollte Mason sehen. Ich war besorgt, dass er sich nicht freuen würde, mich zu sehen.

Lincoln und Jaxson gingen durch die Türen und den Korridor entlang. Ich zögerte, bevor ich ihnen folgte, einige Meter hinter ihnen. Sie unterhielten sich untereinander. Ich war der Außenseiter, obwohl sie nicht versucht hatten, mich auszuschließen, gehörte ich nicht zu ihnen.

Was hatte ich hier zu suchen? Ich fühlte mich fehl am Platz.

Lincoln und Jaxson gingen ohne zu klopfen in den Privatraum. Ich hing im Flur herum und versuchte, den Mut aufzubringen, hineinzugehen.

Ich konnte es verkraften, mir eine Waffe an den Kopf zu halten, aber einen halben Meter in ein Krankenhauszimmer zu gehen, war zu viel. Das war anscheinend meine Grenze.

„Wie geht es Hazel?" Masons Stimme war rau und tief.

Er konnte mich nicht sehen, da ich direkt vor seinem Zimmer stand, aber ich konnte den süßen Klang seiner Stimme hören. Sie war voller Sorge um mich.

Ich drückte mich an die Wand, mit dem Rücken gegen die kalten, weißen Steine.

„Sie könnte es dir selbst sagen, wenn sie hier hereinkäme", sagte Lincoln.

„Sie ist hier?", fragte Mason. Die Laken raschelten und das Krankenhausbett knarrte. „Hazel?"

Ich schloss meine Augen. Ich konnte mich nicht ewig verstecken. Er würde wissen, dass ich ihm aus dem Weg gehe, wenn ich nicht sofort in sein Zimmer stürme und ihn begrüße.

„Hey." Ich zwang mich zu dem besten Lächeln, das ich aufbringen konnte, als ich in sein Krankenzimmer trat. „Ich war gerade auf dem Flur und habe nach Blumen gesucht, die ich für dich stehlen kann."

Mason schmunzelte und lachte und zog eine Grimasse.

„Tut es weh zu lachen?", fragte ich, besorgt um ihn. Ich trat an sein Bett heran.

„Das ist es wert", sagte Mason. Er griff nach meiner Hand, unsere Finger verschränkten sich. „Setz dich zu mir."

Ich wollte ihm nicht sagen, dass es keinen Platz gibt. Er war verletzt, aber wenn er meine Gesellschaft wollte, wie konnte ich da Nein sagen? Er war nur meinetwegen angeschossen worden.

„Wie geht es dir?", fragte ich und setzte mich auf die Kante des Krankenhausbettes neben ihm. „Weißt du schon, wann du entlassen wirst?"

„Der Arzt sagt, dass ich in die häusliche Pflege entlassen werden kann, oder ich muss in eine Reha-Einrichtung." Seine Augen verließen meine nicht. „Du bist mir etwas schuldig, Hazel."

Ich lachte leise vor mich hin. „Rede nicht um den heißen Brei herum." Ich konnte nicht glauben, dass er mit der Tatsache spielte, dass ich ihm etwas schuldete.

Natürlich schuldete ich ihm etwas, aber ich glaubte nicht, dass er der Typ war, der es einforderte.

„Bitte, bleibst du bei mir?"

Ich hatte nicht darüber nachgedacht, wohin ich gehen sollte, nachdem Nikolai tot und Franco im Gefängnis war. Aber Mason brauchte mich, und ich mochte ihn wirklich. So etwas hatte ich noch nie für einen anderen empfunden. Seit wir Teenager waren, war es immer er gewesen.

„Nun, da du so nett gefragt hast", sagte ich und lächelte schwach. Ich wollte bleiben, aber ich wollte, dass er mich in seinem Leben haben wollte, nicht nur als seine Betreuerin. Ich beugte mich herunter und drückte ihm einen sanften, züchtigen Kuss auf die Stirn.

„Ist das alles, was ich bekomme? Was muss ein Mann hier tun, um einen richtigen Kuss zu bekommen, sterben?"

Meine Augen weiteten sich vor Entsetzen.

„Schlechter Scherz?" Mason lächelte mit diesem jungenhaften Grinsen, das mein Herz flattern und meine Knie schwach werden ließ. Ich beugte mich vor und strich mit meinen Lippen über seine.

Der Herzmonitor begann schneller zu piepen.

Jaxson stand am Fenster des Zimmers, ein Lächeln auf dem Gesicht. „Töte ihn nicht. Wir brauchen ihn immer noch als Teil unseres Teams. Apropos Team, Lincoln, ich werde dir wieder eine Vollzeitstelle anbieten. Ich weiß, dass dein Restaurant renoviert werden soll. Besteht eine Möglichkeit, dich zu überreden, bei uns mitzumachen? Zwing mich nicht zu betteln."

„Ich bin noch nicht einmal tot und du willst mich ersetzen", sagte Mason. Er lachte und zog eine Grimasse.

Ich legte eine Hand sanft auf seinen guten Arm, in der Hoffnung, ihn wieder zu beruhigen. „Ich bin mir sicher, dass sie dich nicht ersetzen", sagte ich.

„Da wäre ich mir nicht so sicher", sagte Lincoln. „Ich werde es tun, zumindest im Moment. Es wird eine Weile dauern, bis der Scheck von der Versicherung eintrifft, und dann muss ich entscheiden, was ich tun werde.

„Das mit deinem Restaurant tut mir leid", sagte ich und lächelte Lincoln schwach an. Wenn ich an diesem Morgen nicht in sein Restaurant gegangen wäre, hätten die Schläger, die mich umbringen wollten, vielleicht nicht auf den Laden geschossen.

Lincolns Kiefer war angespannt und er lehnte sich gegen die Wand am Fußende des Krankenhausbettes. „Erwähne es nicht. Diese Typen haben mich die letzten Jahre damit genervt, bei Eagle Tactical mitzumachen. Wahrscheinlich sind sie froh über das, was passiert ist."

„Glücklich ist ein starkes Wort", sagte Mason, „aber ekstatisch, ja."

Lincoln verdrehte die Augen.

Jaxson ging an Lincoln vorbei und winkte, ihm aus dem Raum zu folgen. „Wir lassen euch allein, damit ihr reden könnt. Wir werden mit Ariella und Izzie im Wartezimmer sein. Sag uns Bescheid, wenn du etwas brauchst", sagte Jaxson.

„Danke, dass ihr gekommen seid. Hoffentlich komme ich bald hier raus", sagte Mason.

Ich wartete, bis die anderen Jungs weg waren und ging in den Flur.

„Hast du etwas auf dem Herzen?", fragte Mason.

„Es tut mir alles leid." Ich beugte mich zu ihm hinunter, drückte meine Lippen auf seine und nahm hungrig einen Schluck.

Dass ich ihn fast verloren hatte, zerriss mich innerlich. Ich hatte bereits meinen Bruder durch meine eigenen Hände verloren. Ich konnte nicht den Mann verlieren, den ich schon als Teenager geliebt hatte.

Mason streckte seine Hand aus und sein Daumen strich über meine Wange, während mein Kinn in seiner Handfläche ruhte. „Du musst dich für nichts entschuldigen, aber ich weiß, was du tun könntest, damit es mir besser geht, wenn wir hier raus sind."

„Alles", sagte ich. „Ich gehöre ganz dir. Was auch immer du brauchst, Mason, ich bin für dich da." Ich meinte es auch so. Ich würde alles tun, was er von mir verlangte, um ihn zu pflegen, egal ob es darum ging, Verbände zu wechseln oder ihm Essen zu machen.

„Hast du vielleicht ein süßes Krankenschwestern-Outfit? Wenn du dich schon um mich kümmerst, könnten wir doch ein kleines Fantasie-Rollenspiel machen."

KAPITEL SIEBENUNDZWANZIG

ARIELLA

Ich saß mit Izzie im Wartezimmer und ließ sie ein Video auf meinem Smartphone anschauen. Wir hielten den Ton leise, um die Patienten im Krankenhaus nicht zu stören.

Da ich die Zeit aus den Augen verloren hatte, sah ich nicht, dass Jaxson auf uns zukam.

„Wie geht es meinen beiden Lieblingsfrauen?", fragte Jaxson.

„Daddy!" Izzie sprang von meinem Schoß herunter und hob die Arme, damit ihr Daddy sie hochheben konnte.

Jaxson hob sie auf und wirbelte sie herum, bevor er sie an seine Hüfte setzte. „Wir werden hoffentlich bald losfahren. Es sieht so aus, als würde Mason heute hier herauskommen, solange er jemanden zu Hause hat."

„Oh?" Ich wusste nicht, ob er allein lebt oder Mitbewohner hat. Ich hatte noch nie gehört, dass er sich mit jemandem verabredet hatte, aber es war offensichtlich, dass er auf Hazel scharf war. Das konnte jeder sehen.

„Hazel wird bleiben und ihm helfen", sagte Jaxson.

„Das ist gut." Ich freute mich für sie und war begeistert, dass die beiden ihre Beziehung mit der Zeit herausfinden konnten und es nicht vor allen verheimlichen mussten. Allerdings war ich auch ein wenig eifersüchtig, aber das würde ich nie zugeben.

Lincoln stand ein paar Meter entfernt am Getränkeautomaten und machte sich eine Tasse Kaffee.

„Ich habe mir Sorgen um dich gemacht", sagte Jaxson und setzte sich neben mich auf den leeren Stuhl. Er streckte die Hand aus und strich mir eine Haarsträhne hinters Ohr. „Ich mache mir immer noch Sorgen, wenn ich ehrlich sein soll."

Ich lächelte schwach. Ich konnte nicht aufhören, an Nikolai zu denken.

Was Hazel getan hatte, das Blut, die Tatsache, dass Nikolai alles getan hatte, um seine Schwester zu schützen. Es war beschissen und krank, aber das änderte nichts daran, dass er tot war. „Mir geht es gut." Ich wollte, dass es mir gut geht, sagte ich mir und sprach es laut aus.

Würde es dadurch wahrer werden?

„Bist du sicher?", fragte er und legte seine Hand auf meinen Rücken.

Ich entspannte mich unter seiner Berührung, als er mit sanften Bewegungen meinen Rücken streichelte. Ich wollte, dass er mich berührt, küsst und mit mir Liebe macht.

Lincoln war im Raum, und wir sollten unsere Beziehung geheim halten, wenn wir zusammen sein wollten.

Ich schüttelte den Kopf: „Nein. „Ich werde wahrscheinlich zeitweise Albträume haben, aber das ist nichts, womit ich nicht umgehen kann."

Lincolns schwere Schritte durchbrachen den Bann und den Moment zwischen uns beiden. „Kann ich euch einen Kaffee bringen? Die Maschine funktioniert nicht. Ich gehe mal runter in die Cafeteria. Wollt ihr etwas?"

„Nein, danke", sagte ich.

„Mir auch", sagte Jaxson.

Lincoln ging den Flur entlang in die entgegengesetzte Richtung von Masons Zimmer zum Aufzug in die Lobby, wo sich die Cafeteria befand.

Wir hatten ein paar Minuten Zeit, nur wir beide und Izzie. Zum Glück schien sie nicht zu begreifen, was zwischen uns vor sich ging.

Jaxson setzte Izzie auf den Sitz neben sich und spielte ein Video auf seinem Handy ab, das sie sich ansehen durfte. Er schlenderte zum Automaten und gab mir ein Zeichen, zu ihm zu kommen.

Ich stand auf und streckte mich, bevor ich auf den Automaten zeigte. „Hast du nicht Lincoln gehört? Der Kaffeeautomat funktioniert nicht."

„Ich habe es gehört. Ich wollte nur ein wenig Ruhe haben." Izzie saß mit dem Rücken zu uns und er zog mich fest an sich.

Meine Augen weiteten sich, als sich seine Lippen auf die meinen legten und seine Finger meinen Nacken umschlossen, um mich festzuhalten. Es fiel mir nicht schwer, in seinem Kuss zu verschmelzen, und mein Körper geriet leicht in seinen Bann.

Er zog sich zurück, eine Hand lag noch immer in meinem Nacken, die andere glitt unter mein Hemd und kitzelte den Bund meiner Hose. „Jaxson", sagte ich und lächelte vor Vergnügen, warnte ihn aber, damit aufzuhören. Wir konnten das nicht im Krankenhaus machen, geschweige denn drei Meter von seiner Tochter entfernt.

„Lincoln braucht noch ein paar Minuten, und Hazel ist mit Mason beschäftigt. Ich wette, sie knutschen gerade."

„Gut für sie", sagte ich. Das war kein Grund, warum wir das Hier und Jetzt tun sollten. Ich legte eine Hand sanft auf seine Brust. „Ich möchte mit dir zusammen sein, aber heute war viel los."

„Du weißt, dass ich nie zulassen würde, dass dir und Izzie etwas zustößt?", sagte Jaxson.

„Ich weiß und ich bin dankbar für das, was du heute getan hast. Es hätte auch ganz anders ausgehen können", sagte ich. Mir ging immer noch der Gedanke an Nikolai durch den Kopf, der seine Waffe gegen meine Stirn drückte. Ich musste diese Gedanken beiseiteschieben, sonst würde ich keine Luft mehr bekommen.

Seine Lippen trafen wieder auf meine, mit einer wilden Intensität, die nicht nur von Verlangen, sondern auch von Bedürfnissen erfüllt war.

Er drehte uns herum und drückte mich mit dem Rücken an die Wand, während er sein Knie zwischen meine Schenkel schob und meine Mitte, meine Wärme, traf. Ich ließ zu, dass er mich küsste, obwohl ich mehr als nur seine heimliche Freundin sein wollte, war ich auch bereit, alles zu akzeptieren, was er mir gab.

Meine Lippen öffneten sich, um ihn in mich aufzunehmen und ihn enger an mich zu ziehen. Während wir uns küssten, verschwand jeder Gedanke aus meinem Kopf und die Zeit schien stillzustehen.

Jemand räusperte sich ziemlich laut. Wollte er unsere Aufmerksamkeit erregen?

Ich wimmerte aus Protest, als Jaxson sich zurückzog, und wir blickten beide auf den Eindringling Lincoln.

Er hielt seine Tasse Kaffee in der Hand und nahm einen langen, langsamen Schluck. „Warum verschwindet ihr drei nicht von hier?", sagte Lincoln. „Ich fahre mit Mason und Hazel, um seinen Truck abzuholen."

„Bist du sicher?", fragte Jaxson.

„Du hast eine zehnstündige Fahrt nach Hause vor dir. Izzie muss nicht länger als nötig hierbleiben. Wenn Mason nicht bald entlassen wird, werde ich mir wahrscheinlich ein Hotelzimmer für die Nacht mieten und morgen zurückfahren", sagte Lincoln.

Jaxsons Handy klingelte und er eilte hinüber, um es Izzie abzunehmen, während sie sich ihren Film ansah.

Ich stand unbeholfen da und schenkte Lincoln ein schwaches Lächeln. Er war gut zu mir, ich konnte mich nicht beklagen, aber ich war nicht froh, dass er unser Geheimnis kannte. „Hör mal, was du gesehen hast..."

„Das geht mich nichts an", sagte Lincoln. „Du machst ihn glücklich, und ich kann ehrlich sagen, dass es außer Izzie nicht viele Menschen gibt, die das können."

„Du wirst den anderen nichts sagen?" Ich hoffte, dass er es für sich behalten und seinen Kumpels nichts davon erzählen würde.

„Noch mal, das ist nicht meine Sache", sagte Lincoln. Er trat näher heran. „Du musst dir keine Sorgen machen, Ariella. Ich habe dich gern um mich. Du bist gut für Jaxson, und du machst ihn glücklich. Das ist alles, was zählt."

Ich atmete erleichtert auf. „Danke."

Jaxson legte den Hörer auf und steckte das Telefon in seine Tasche.

„Daddy, Telefon." Izzie griff nach seiner Hose und versuchte, sein Telefon herauszuholen.

„Nicht jetzt", sagte er und nahm seine Kleine in die Arme, um sie zu küssen. Er warf einen Blick auf Lincoln. „Kannst du Mason eine Nachricht übermitteln?"

Lincoln nippte an seinem Kaffee. „Klar, was gibt's? Ist alles in Ordnung?"

„Der Sheriff rief an, um uns mitzuteilen, dass sie den Hund seines Onkels, Bear, gefunden haben. Sie behalten sie auf dem Revier, bis jemand kommt, um sie abzuholen. Zum Glück ging es ihr gut, sie hatte ein paar Kratzer, aber keine größeren Verletzungen. Ich habe ihm gesagt, dass Mason bald entlassen wird, aber wir sind in Fargo, also wird es wahrscheinlich nicht vor morgen sein."

„Er wird erleichtert sein, dass es Bear gut geht", sagte Lincoln. „Schick mir die Nummer des Sheriffs und ich sorge dafür, dass wir Bear auf dem Heimweg abholen."

———

Es war eine lange Fahrt zurück nach Breckenridge. Jaxson bestand darauf, derjenige zu sein, der fährt. Izzie war schon nach einer Stunde Fahrt eingeschlafen. Es war dunkel und spät, was ihr wahrscheinlich half, sofort einzuschlafen.

„Was wird mit Hazel passieren?", fragte ich.

„Du hast gehört, was der Sheriff gesagt hat: Sie wollen sie nicht wegen eines Verbrechens anklagen, weil sie die Ermittlungen eingestellt haben und es als Selbstverteidigung ansehen", sagte Jaxson.

„Davon spreche ich nicht. Franco ist immer noch da draußen."

„Er ist im Gefängnis", sagte Jaxson. Er schaute mich an und griff nach meiner Hand, als er losfuhr.

Unsere Finger verschränkten sich ineinander. Ich drückte seine Hand, um mir und ihm zu versichern, dass es mir gut ging. Ich fühlte mich nicht wie ich selbst. Ich fühlte mich immer noch abgetrennt, verloren von den Ereignissen des Tages.

„Du hast keine Angst, dass er dich und deine Familie verfolgt?", fragte ich.

„Wenn ich mir darüber Sorgen machen würde, müsste ich mir über jeden Bösewicht, mit dem wir zu tun haben, Sorgen machen", sagte Jaxson. Er sprach leise, um Izzie nicht zu wecken. „Declan repariert das Sicherheitssystem und findet heraus, wie Nikolai es geschafft hat, es zu deaktivieren.

Als ich das von Jaxson hörte, wollte ich mich beruhigen. Ich wollte, dass Franco Hazel und den Rest von uns in Ruhe lässt. Ich drückte seine Hand. „Ich glaube, es war einfach ein langer Tag. Emma kam heute Morgen zum Haus, barfuß und hysterisch."

„Nikolai hat das Gelände, auf dem sie wohnt, zusammengeschossen", sagte Jaxson.

„Du wusstest, dass sie dort lebte? Woher?" fragte ich.

Er stieß einen leisen Seufzer aus und konzentrierte sich auf die Straße, während er sprach. „Als ich Ian und Seth einen Besuch abstattete, weil sie dich belästigt hatten, entdeckte ich, dass sie dort wohnte. Ich hatte gehofft, sie würde ausziehen und zur Vernunft kommen."

„Sie war an der Geiselnahme im Resort beteiligt", sagte ich.

„Ich weiß."

Ich zog meine Hand zurück, als ob ich mich verbrannt hätte. „Woher zum Teufel weißt du das? Wie viele Geheimnisse hast du?"

Er legte seine Hand wieder auf das Lenkrad, sein Gesicht war angespannt. „Mehr, als ich zugeben möchte."

„Was soll das heißen, Jaxson?" Ich konnte nicht glauben, dass er mir verheimlicht hatte, dass Emma an der Geiselnahme im Blue Sky Resort beteiligt war.

Er stieß einen schweren Seufzer aus und schaute in den Rückspiegel. „Können wir dieses Gespräch später führen?"

„Nein. Ich will das Gespräch jetzt führen."

Er war sauer, als ich Geheimnisse vor ihm hatte. Wieso konnte er Geheimnisse vor mir haben?

KAPITEL ACHTUNDZWANZIG

JAXSON

Ich war nicht begeistert davon, dass ich es geheim gehalten hatte, und jetzt, da wir die Tatsache, dass Emma eine Außenseiterin war und in die schlimme Situation im Resort verwickelt ist, ans Licht gebracht hatten, musste es einfach herauskommen.

„Willst du mich einfach ignorieren?", fragte Ariella. Ihr Tonfall war scharf. Sie war zweifelsohne sauer auf mich.

Na toll.

Ich hatte noch ein paar Stunden Zeit, bis wir in Breckenridge und zu Hause ankamen. Es war nicht so, dass ich sie absetzen und bis zur Arbeit nicht wiedersehen konnte; wir wohnten zusammen.

Frustriert fuhr ich mir mit der Hand durch die Haare. Ariella neigte dazu, mich in die Knie zu zwingen. „Ich ignoriere dich nicht, ich habe nur viel um die Ohren."

„Das ist eine Ausrede", sagte Ariella. Sie war stinksauer. Ich konnte hören, wie sie schwer und angestrengt atmete und sich in ihrem Sitz hin und her bewegte. Bei diesem Tempo würde sie sich nie wohlfühlen.

„Gut. Willst du alle Geheimnisse, die ich für mich behalten habe?" Meine Stimme erhob sich in der Enge des Trucks. „Ich habe es von einem der Jungs gehört, rate mal, wer aus dem Gefängnis entlassen wurde. Benjamin Ryan."

Ariella war mucksmäuschenstill.

„Was? Hast du nichts zu meckern, weil ich das geheim gehalten habe? Er ist aus dem Gefängnis raus, Ariella. Weißt du, warum?"

Ich schaute sie an und sah, dass ihre Augen groß waren. Ihr Mund blieb offen stehen. Ich ließ sie nicht los. Wenn sie meine Geheimnisse wissen wollte, würde ich auch ihre verraten, von denen sie nicht einmal wusste, dass sie sie in ihrem Schrank hatte.

„Seine Verurteilungen wurden aufgehoben, jede einzelne", sagte ich. Ihrem Gesichtsausdruck nach zu urteilen, wusste sie nichts.

„Du hast erwähnt, dass er vielleicht unschuldig ist. Ich konnte einfach nicht glauben, dass es wahr ist." Sie fuhr sich mit den Handflächen über die Hose.

„Nun, ob es stimmt oder nicht, er wurde freigelassen, und zwar nicht wegen einer Formsache. Ich weiß nicht, was das für die CIA bedeutet, ob sie ihn hereingelegt hat oder jemand anderes." Die Wahrheit war, dass ich noch keine Zeit hatte, tiefer zu graben oder in das Chaos ihrer Vergangenheit zu schauen. „Er hat eine Erklärung im Fernsehen abgegeben, als er entlassen wurde."

„Hat er das?" Ihre Stimme blieb ihr im Halse stecken.

„Er hat in dem Interview gesagt, dass er vorhat, dich zu finden", sagte ich, und ein bitterer Geschmack füllte meinen Mund.

Ich wollte sie weder an ihn, noch an ihren Ehemann, noch an ihren Ex-Ehemann verlieren. Sie waren zwar geschieden, aber wenn es daran lag, dass sie ihn für schuldig hielt und er es nicht war, wo stand ich dann?

Welche Chance hatte ich gegen einen wohlhabenden Mann, der ihr Herz gewonnen hatte?

Sie stieß einen lauten Atemzug aus. „Wenn du ihn siehst, sag ihm, er soll sich von mir fernhalten."

Das überraschte mich. „Was?"

War sie über ihn hinweg?

Musste ich mir keine Sorgen machen, dass er kommen und sie überrumpeln könnte?

Ich war nicht leicht eifersüchtig zu machen, aber ich wollte auch nicht, dass ein Mann, mit dem sie eine Vergangenheit hatte, wieder in ihr Leben treten könnte.

„Er ist vielleicht nicht schuldig an den Finanzverbrechen, für die er ursprünglich verurteilt wurde, aber er ist nicht unschuldig, Jaxson. Weit gefehlt."

Welche anderen Verbrechen hatte er begangen, für die er nicht verurteilt worden war?

„Willst du das näher ausführen?", fragte ich.

Ariella gähnte auf dem Beifahrersitz. Es war schon weit nach zwei Uhr nachts. Ich merkte, dass sie erschöpft war. Ich war es auch. „Nicht heute Nacht. Ich bin müde, Jaxson. Können wir es jetzt einfach lassen?"

Erschöpft fuhr ich durch die Nacht, denn ich wollte nicht in einem beschissenen Motel mit Wanzen schlafen.

Ich wollte nicht mit ihr streiten. Ich hätte sie und meine Tochter heute fast verloren. Ich legte meine Hand auf ihren Oberschenkel. „Du bist mir wichtig, Sommersprosse." Ich wollte, dass sie weiß, was ich fühle. Ich habe es nicht oft genug gesagt, und sie hatte es verdient, von mir zu hören.

„Ich weiß", murmelte sie. Ariella lehnte ihren Kopf gegen das Seitenfenster und schloss die Augen. Ihr Atem hatte sich nach einigen langen Sekunden beruhigt.

Sie murmelte etwas Unverständliches. Hatte sie gerade, *Ich liebe dich* gesagt?

„Sommersprosse?"

Sie war eingeschlafen.

Mason hatte mir einmal gesagt, dass er den Verdacht hatte, dass ihre Heirat eine Tarnung sein könnte, dass sie als CIA-Agentin zu tief gesunken war. Wenn das stimmte, warum hatte sie ihn beobachtet und warum hatte sie beschlossen, ihn zu heiraten? Wenn es nicht die Liebe war, was war dann der Auslöser?

Es gab Geheimnisse zwischen uns, aber ich war nicht bereit, sie aufzugeben, nicht ohne zu kämpfen.

Die Wahrheit war, dass ich sie auch liebte.

Hatte ich den Mut, es ihr zu sagen?

EPILOG

HARPER

Ich benötigte meinen Koffeinschub, wenn ich die nächsten Wochen in dieser kleinen, abgelegenen Stadt überleben wollte.

Mein Flug war kurz, aber in der Luft war es unruhig und die Stewardess hatte mein Getränk über den ganzen Sitz vor mir verschüttet. Der arme Kerl war nass von meinem Kaffee, aber das löste nicht mein Problem. Ich habe mein Getränk auf dem Flug nie bekommen.

Ich machte mich direkt vom Flughafen aus auf den Weg zum nächsten Coffee Shop in Breckenridge. Ich betete, dass es dort ein Café gab, das einen anständigen Milchkaffee servierte.

Ich bezweifelte, dass mich überhaupt jemand erkennen würde, was mein Vorteil war. Außerdem konnte die riesige Sonnenbrille nicht schaden. So musste ich mir keine Sorgen um Reporter machen, die mich verfolgten, oder um Fans, die Fotos mit ihren Handykameras schossen.

Es war noch früh, die Sonne war gerade aufgegangen und ich schlenderte hinein, meine Laune war besser, als ich es an diesem frühen Sonntagmorgen erwartet hatte.

„Großer Milchkaffee mit Karamell und Schlagsahne". Heute Morgen habe ich mich richtig ins Zeug gelegt.

Das Mädchen hinter dem Tresen in ihrer braunen Schürze und dem passenden Hut lächelte nicht einmal. „Wie ist dein Name?", fragte sie. Auf ihrem Namensschild stand Skylar.

Hat sie mich wirklich nicht erkannt? „Harper." Ich dachte fast daran, ihr meinen richtigen oder sogar einen falschen Namen zusagen, wäre das nicht lustig?

Sie blinzelte leicht, als würde sie überlegen, ob sie mir glauben sollte oder nicht, während ich in bar bezahlte.

„Es wird nur eine Minute dauern." Ihr Tonfall war eintönig, während sie ein Lächeln vortäuschte.

„Der Nächste!", schnauzte Skylar und nahm die Bestellung der Frau hinter mir auf.

Ich trat einen Schritt von der Kasse zurück und setzte mich an einen Tisch in der Nähe. Der Laden war nicht übermäßig voll und je länger ich wartete, desto ungeduldiger wurde ich.

Die Frau hinter mir bekam ihren Kaffee zusammen mit zwei anderen Gästen, nachdem ich bestellt hatte. „Was zum Teufel?", murmelte ich leise vor mich hin. Hatte sie meine Bestellung vergessen?

Ein gut aussehender Herr, groß, mit dicken Muskeln und Tattoos, die aus seinen Ärmeln hervorlugten, stahl mir für einen Moment die Aufmerksamkeit, während er bestellte. Er schien auch Skylars Stimmung aufzuhellen.

Das wollte ich ändern. Sie hatte mir die Laune und den guten Morgen verdorben. „Entschuldigt mich", sagte ich und unterbrach die beiden. Ich hatte genug vom Warten. „Ich habe vor zehn Minuten einen Kaffee bestellt."

„Es sind schon fünf", schnauzte Skylar. „Und dein Getränk steht auf dem Tresen und wartet darauf, dass du es abholst."

Ich warf einen Blick auf den Tresen, als sie die Tasse lässig in meine Richtung stellte. Sie hatte nicht darauf gewartet, dass ich sie nehme. Sie hatte ihn versteckt gehalten. Diese rotzfreche Göre!

„Du hast meinen Namen nicht genannt."

Sie deutete auf die Tasse und den Namen, der darauf stand. „Heather."

Ich schluckte den Kloß in meinem Hals hinunter. Sie konnte auf keinen Fall wissen, dass das mein richtiger Name war. „Ich heiße Harper", korrigierte ich sie.

„Das ist das Gleiche. Willst du deinen Kaffee oder nicht?"

Zehn Minuten. Der Kaffee musste kalt und eklig sein. Ich mochte meinen Kaffee kochend heiß. Ich habe nicht fast zehn Dollar für eine beschissene Tasse Kaffee bezahlt. „Du musst mir noch einen Milchkaffee machen." Ich hatte nicht vor, mich in einem übertreuerten Café so mies behandeln zu lassen.

Eine zweite Barista auf der anderen Seite des Tresens goss eine Tasse mit dampfend heißem Kaffee ein und verschloss sie mit einem Deckel. „Lincoln", rief sie.

Oh nein. Das war meiner. Ich schnappte mir die Tasse, bevor Lincoln sie mit seinen monströsen Bärenkrallen anfassen konnte. Er war ein großer Kerl, aber ich war schnell.

Ich schenkte ihm ein Lächeln, bevor ich aus dem Café flüchtete, als würde ich ein Kunstwerk stehlen, und machte mich auf den Weg zum Fluchtwagen.

———

Danke, dass du Verheimlicht: Mason gelesen hast.

Ich hoffe, es hat dir gefallen, von Ariella, Jaxson und dem Eagle Tactical Team zu lesen. Ihre Geschichte geht in VERSTECKT: LINCOLN weiter!

Ich kann ihr nicht sagen, dass sie unter meinem Schutz steht...

Ich habe in der Vergangenheit mit Eagle Tactical als Bodyguard für Prominente, Musiker und sogar Milliardäre gearbeitet. Noch nie hat sich einer von ihnen meinem Schutz entzogen.

Für die kleine Füchsin, die in mein Leben gestürmt ist, bin ich verantwortlich.

Ich wurde angeheuert, um sie zu beschützen... im Geheimen.

Der Studiovertrag ist eindeutig. Ich darf ihr nicht verraten, dass ich ihr persönlicher Bodyguard bin, wenn sie das Set verlässt.

Sie wird die Wahrheit herausfinden und wenn sie es tut, wird sie mich hassen.

Jetzt mit einem Klick VERSTECKT: LINCOLN!

Und melde dich für meinen Newsletter an, um über neue Bücher, Verlosungen und Gratisgeschenke informiert zu werden: www.authorwillowfox.com/ subscribe

Ich freue mich, wenn du mir hilfst, das Buch weiterzuempfehlen, indem du einem Freund oder einer Freundin davon erzählst. Rezensionen helfen Lesern, Bücher zu finden! Bitte hinterlasse eine Rezension auf deiner Lieblingsbuchseite.

WERBEGESCHENKE, KOSTENLOSE BÜCHER UND MEHR GOODIES!

Ich hoffe, dass dir VERHEIMLICHT gefallen hat und du die Reise mit Jaxson, Ariella und dem Team von Eagle Tactical fortsetzen wirst.

Dies ist zwar meine erste Serie als Willow Fox, aber ich veröffentliche schon seit 2013 professionell.

Melde dich für meinen Willow Fox Newsletter an

Wenn dir VERHEIMLICHT gefallen hat, nimm dir bitte einen Moment Zeit, um eine Rezension zu hinterlassen. Rezensionen helfen anderen Lesern, meine Bücher zu entdecken.

Du weißt nicht, was du schreiben sollst? Das ist okay. Sie muss nicht lang sein. Du kannst erzählen, wie du mein Buch entdeckt hast: War es eine Empfehlung von einem Freund oder einem Buchclub? Lass die Leser wissen, wer dein Lieblingscharakter ist oder was du gerne als Nächstes sehen würdest. Liest du normalerweise HEA? Wie denkst du über das HFN? (Ich hoffe, du bist zufrieden, aber ich verspreche, dass ich am Ende der Reihe ein HEA liefern werde!)

Danke, dass du gelesen hast! Ich hoffe, du trägst dich in meine Mailingliste ein, damit ich dich über kostenlose Bücher, Sonderaktionen, Werbegeschenke und Neuerscheinungen informieren kann.

ÜBER DEN AUTOR

Willow Fox schreibt schon seit ihrer Highschoolzeit (vor vielen Jahren) gerne. Ihre Kleinstadtromane spiegeln das Leben in einer Kleinstadt im ländlichen Amerika wider.

Egal, ob sie Liebesromane schreibt oder draußen am Lagerfeuer sitzt und ein gutes Buch liest, Willow liebt die Magie des geschriebenen Wortes.

Sie träumt davon, von den Füßen gerissen zu werden und hofft, dass sie das auch bei ihren Lesern erreichen kann!

Besuche ihre Website unter:

https://authorwillowfox.com

AUCH VON WILLOW FOX

Eagle Tactical Serie

Enthüllt: Jaxson

Verheimlicht: Mason

Versteckt: Lincoln

Verborgen: Jayden

Mafia Ehen

Geheimes Gelübde

Gefangenschafts Gelübde

Wildes Gelübde

Widerwilliges Gelübde

Rücksichtsloses Gelübde

Gebrüder Bratva

Brutaler Boss

Böser Boss

Besitzergreifender Boss

Zwanghafter Boss

Ruppige Single Papas

Milliardär Muffel

Berg Muffel

Bachelor Muffel